畑 裕子

女たちの義経物語

近江国鏡宿傀儡女譚《おうみのくにかがみしゅくくぐつめたん》

SUNRISE

女たちの義経物語

近江国《おうみのくに》鏡宿《かがみしゅく》傀儡女《くぐつめ》譚《たん》

畑 裕子

目次

一　出会い　7
二　前兆　41
三　平家の都落ち　69
四　懊悩　85
五　義経再び平家討伐軍へ　117
六　常磐殿の不安　125
七　静殿、受難　157
八　静殿、鎌倉へ　177
九　京の町衆　205
十　あこ丸、いずこへ　243

解説　畑　明郎　250

源氏

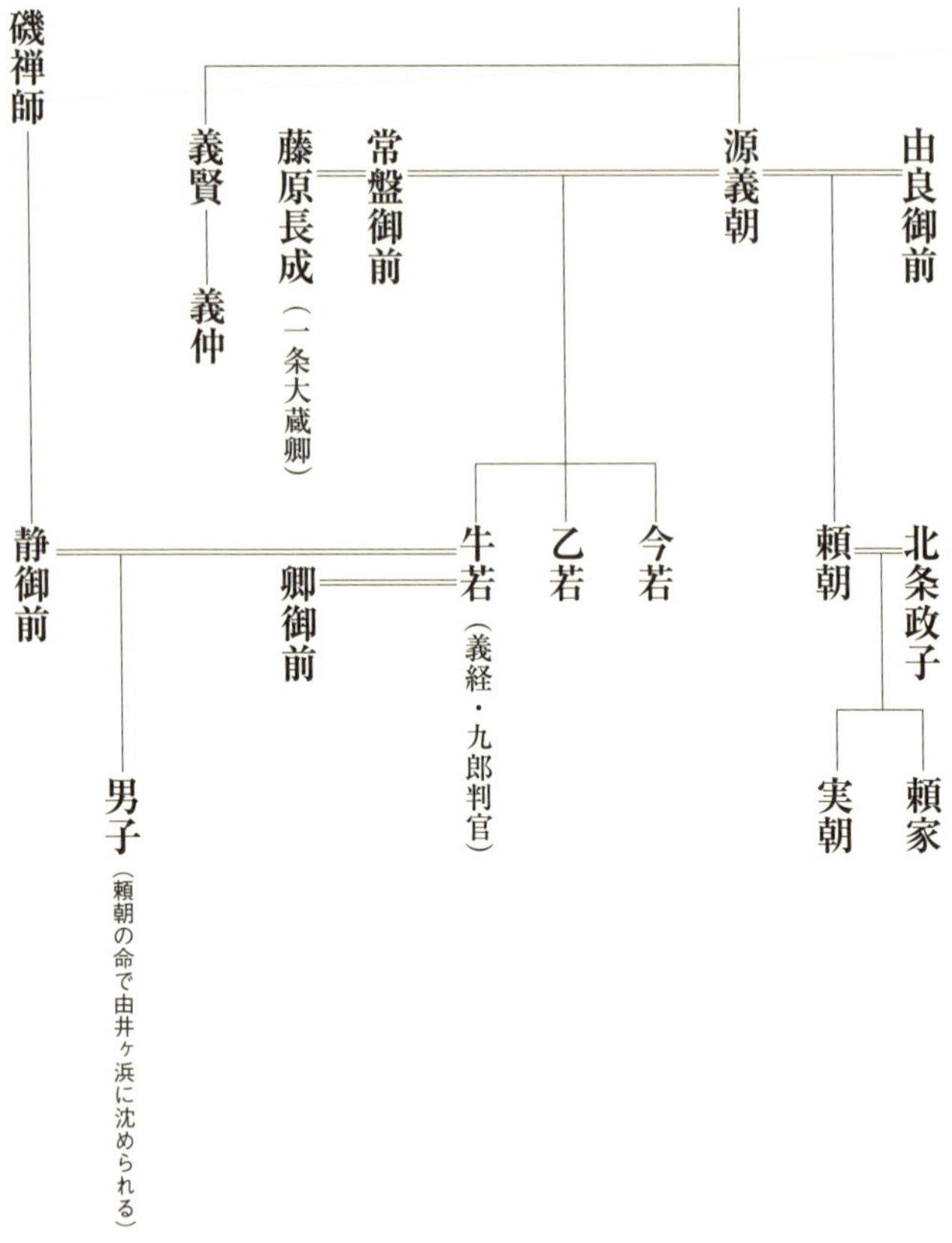
磯禅師
義賢
義仲
藤原長成（一条大蔵卿）
常盤御前
源義朝
由良御前
静御前
男子（頼朝の命で由井ヶ浜に沈められる）
卿御前
牛若（義経・九郎判官）
乙若
今若
頼朝
北条政子
実朝
頼家

登場人物をめぐる系図

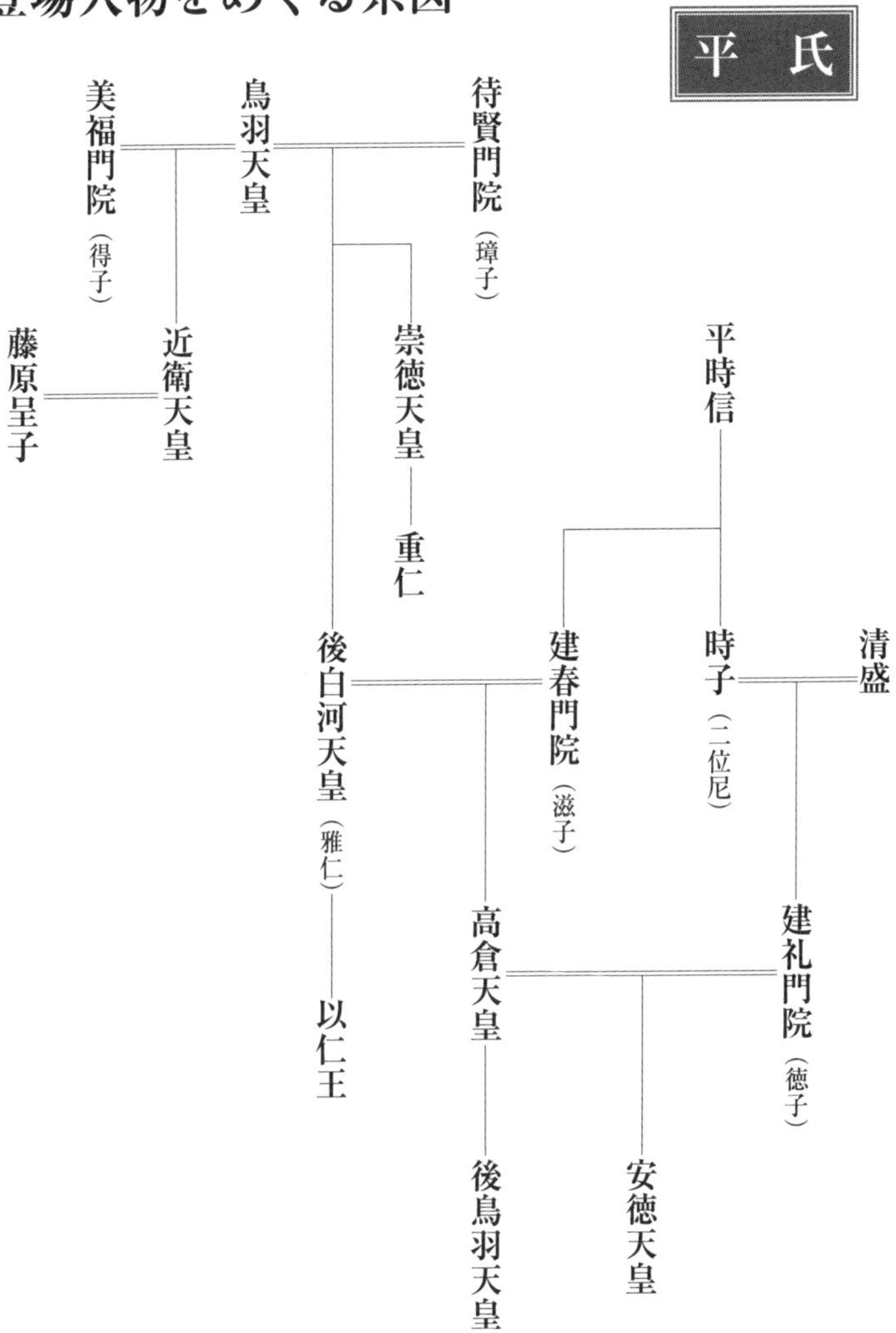

※元木泰雄著『平清盛と後白河院』（2012年、角川選書）をもとに作成

今様等については左記の書籍に準じて歌番号を振った。
臼田甚五郎・新間進一・外村南都子・徳江元正　校注・訳
新編日本古典文学全集42『神楽歌　催馬楽　梁塵秘抄　閑吟集』二〇〇〇年、小学館

一　出会い

わたしの名前はあこ丸と申します。齢《よわい》五十七、近江国鏡宿《かがみしゅく》の長者をしております。長者と申しますのは駅《うまや》の長であり、今様《いまよう》を歌う傀儡女《くぐつめ》の頭目でもあるのです。わたしもかつてはあちこち修業に出かけ、鈴のあこ丸、と宮中でももてはやされたものです。妄言とお思いなら、まずひと声ご披露いたしましょう。

遊びをせんとや生《う》まれけむ
戯《たわぶ》れせんとや生《む》まれけん
遊ぶ子どもの声きけば
わが身さへこそゆるがるれ
（三五九）

いかがでございますかな、この喉の響き具合。こうして歌っていると自然と手足が動き始めるのでございますよ。思えば何十年もの間、歌謡三昧で暮らしたものです。わたしどもが歌った歌の大半は、後白河《ごしらかわ》法皇さまが『梁塵秘抄《りょうじんひしょう》』の中に収めてくださっておりまする。

実はこのあこ丸、法皇さまがまだ四宮雅仁《まさひと》親王といって皇子であられるとき、宮中の主《との》殿司《もりのつかさ》に出仕していたのでございますよ。ほらほらまた戯《たわ》けたことをというお顔をなさって。嘘ではございません。義経殿の母御、常磐《ときわ》殿ともその時お出会いしたのです。もちろん、清掃や灯火などの下働きをする仕事でしたが、皇子さまや妃さまのおそば近くでお世話をすることには変わりございません。

わたしが宮中に出仕いたしましたのは十五の年でありました。この年は近衛《このえ》天皇さまの妃、呈子《ていし》さまが中宮におなりになるということで、幸運にもお仕えする雑仕女《ぞうしめ》が広く世間に募集されたのです。徳大寺さまのお屋敷に今様を歌うために招かれていたわたしはこのことを知り、いっぺんに気持ちが傾いてしまいました。なんといっても下々の者には宮中に出仕することは何にも勝る魅力的なことでございますからね。

今でも忘れはいたしません。そのとき集まった女たちは千人というおびただしい人数。その中から器量の良いものが百人選び出されたのです。なんとまあ、右を向いても左を向いても天女のような方々ばかりでありました。百人の中からどうやって選び出されたのかわかりませんが、さらに十人がしぼられたのでございます。わたしはとうてい無理だと悟り、帰り支度を始めていましたよ。ところが十人のうちの一人に入ったことを知らされ、驚喜したものです。

人の出会いというものはほんに不思議なものでございますな。十人の麗しい女人の中に後に源義経殿の母御になられる常磐殿がいらっしゃったのです。選ばれた者の中でもひときわ輝いておいででしたからすぐ目に止まりました。貴族でも武門の家柄でもなく身分の低い市井の人ということでしたが、常磐殿のお顔は尊い光がさしているように慈悲深く艶《えん》でさえありましたよ。お年はわたしより一つ下の十四でしたでしょうか。久安六年（一一五〇）のことでございました。

今年は建久三年（一一九二）ですから今から四十二年も前になりましょうかね。昔話を語ってみようと思い立ちましたのは、実は数ヶ月前、後白河法皇さまがお隠れになったことに加え、つい先日、常磐殿がお亡くなりになったことを知ったからでございます。

義経殿の死が街道筋で取り沙汰されたときも何日も悲しみに沈んだものですが、後白河法皇さまや常磐殿の死はまた格別でございましてね。何かしら昔が無性に懐かしく思われてきたのですよ。

そんな折、好都合にも萩よ、そなたが訪ねてくれたのです。今様を通して身分の隔てなく親しくしてくださった法皇さま、長年、文のやりとりをいたしておりました常磐殿、そなたも関わりのあった義経殿、静《しずか》殿、今は皆、遠くへ旅立たれてしまいましたが、語り合うことで再びお会いしたいと思っているのですよ。

世間では鎌倉殿をはじめ、後白河法皇さまのことを、日本第一大天狗などと陰でののしったりしたようですが、とんでもないことでございます。わたしども、傀儡女や遊女《あそび》にとって法皇さまは煮ても焼いても食えないお方であるどころか、今様の保護神であったのですからね。それはもうお優しく、旧来の友のように最後まで親身に接してくださいましたよ。

わが恋は
一昨日《おととい》見えず　昨日こず
今日おとづれなくは
明日のおとづれいかにせん

（四五九）

わたしや神崎のかね殿から聞き出した歌を太いお声でお歌いになっているお姿が昨日のように思い出されます。わたしどもが歌いますと恨みがましく聞こえる歌も、後白河さまがお歌いになると太々と陽気に響き、なんとも楽しい歌いぶりになるのでございました。お声に違《たが》わずご容貌も、新院と呼ばれた兄君、崇徳《すとく》上皇さまの繊細な風貌とは似ても似つかぬ大鼻の、目のぎょろりとしたいかついお方でございましたな。どちらかといえば皇子というより荒法師《あらほうし》といった方がお似合いでしたね。だからでしょうか、貴族の中には法皇さまの大声と率直な言動に馴染《なじ》めない者も少なくなかったようです。

世の人の中には後白河法皇さまが頼朝殿と義経殿の兄弟仲の不和の原因を作ったなどという者もあるようですが、わたしは法皇さまが心から義経殿を愛されていたことを存じておりますよ。お二人は子供のような一途さをお持ちでしたし、お互いに敬ってもおいででした。そのことは後々、お話しするとして今しばらく法皇さまの思い出に浸らせてくださいませ。

後白河さまが和歌にそっぽを向かれ、今様一筋であられたのはなぜでありましょうか。ずっと不思議に思いながらとうとう法皇さまからそのことを聞かずじまいになってしまいましたよ。わたしにはとてもその本意を知ることはできませんが、法皇さまの物狂いとまで言われた今様への執心ぶりは芸に携わる者としてどれほど心丈夫でありましたでしょう。

五年の間、わたしは宮中に出仕しておりました。が、若くして崩御なされた近衛天皇さまの後、久寿《きゅうじゅ》二年（一一五五）雅仁親王さまが天皇におなりになったのを機に退出するつもりでした。再び鏡宿の傀儡女として復帰する決心をしていたのです。

親しくしておりました常盤殿もその二年前に源氏の嫡流、義朝《よしとも》殿の愛を受け、退出なさっていましたし、わたしもそろそろ宮中の暮らしには飽きがきていたのです。もっと歌いたい、四六時中歌っていたいという歌の虫が蠢《うごめ》き出したこともあるでしょう。

もっともわたしは宮中の床ふきをしながら、あるいは炭を中宮さまや宮さまの部屋に運ぶ途中も歌を口ずさんではいたのですがね。鏡の宿に帰り傀儡女として芸に専心したいと申し上げたところ、新天皇さまはたいそう落胆されました。それゆえわたしは情に流され、しばらくの間ずるずると出仕していたのでございます。けれども天皇さまには神崎のかね殿をはじめ、優れた遊女が歌の師として仕えていましたので、わたしは天皇さまの表情をうかがっては退出の希望を口にしていたのでした。

表向きは清掃というわたしの仕事も雅仁親王さまのお呼びがひんぱんなものでありますから当然、同じ仕事を受け持つ雑仕女からは苦情が出てきます。その頃、わたしは親王さまの元から戻るとあわてて簀子《すのこ》や階《きざはし》の掃除をするといったありさまでしたよ。そうした暮らしにも疲れ、また中には親王さまのわたしへの寵愛を妬《ねた》ましげに言いふらす者まであリましたからね。けれどもわたしと雅仁親王さまとの関係はあくまでも師弟の間柄を越えるものではございませんでしたよ。

今、振り返ってみますと一大決心をして宮中を退出したのは良き判断でしたね。その翌年から恐ろしいことが続けざまに起こり、宮中は安全な場ではなくなってしまいましたからね。

退出後まもなく保元《ほうげん》の乱が起きたことを知り、鏡の宿で胸を撫《な》でおろしたものです。後白河天皇さま方が勝利され、崇徳上皇さまは讃岐《さぬき》へ配流となられたのでしたが、崇徳さまが哀れでなりませんでしたね。それというのも戦のきっかけは巷でうわさされるように崇徳、後白河さまのお二方の仲たがいが発端ではございません。

亡き近衛天皇さまの御母上美福門院《びふくもんいん》さまと藤原忠通《ただみち》殿が皇位継承問題に関わって画策なされたことが原因なのでした。事はわたしが宮中に参る少し前に端を発し、埋火《うずみび》のようにくすぶり続けていたのでございます。

本来なら美福門院さまと鳥羽院との御子、近衛の皇子さまより崇徳上皇の御子、重仁《しげひと》親王さまが帝位にお立ちになるのが順当であったようですが、鳥羽院の美福門院さまへのご寵愛がことのほか厚く、美福門院さまも我が皇子が帝になることを誰よりも強く望まれ、近衛天皇が誕生なされたということでした。

が、近衛天皇さまがお亡くなりになり、崇徳上皇さまは今度こそ、我が皇子を天皇に、と期待なされたようです。このときはわたしもまだ宮中に出仕しておりましたので、崇徳上皇さまのおうわさや、その期待に違わぬ重仁親王さまの賢明さと高貴な風貌は存じておりますす。美福門院さまのお顔は何度か拝見したことがありますが、人を圧倒するものをお持ちでしたね。

病弱な近衛の帝へのお心配りは並々でなく、帝の側近たちは食事からお召物に至るまで針のように神経を尖らせていました。中宮さまもそんな義母である美福門院さまを煙たく思っていらっしゃったようです。中宮さまにお子がお生まれでないことを責めていらっしゃったのでしょうな。美福門院さまが退出されるといつでも中宮さまは虚ろな暗い表情をしておいででしたよ。わたしどもは皆、中宮さまのお味方でしたから、お体の弱い帝にはお気の毒でしたが、種がなければ実も結ぶまいなどと、げすな言葉を門院の後姿に向かってつぶやく者もおりましたね。

お側の者が帝にどんなに尽くしても美福門院さまは満足でなく、帝のお体の具合が少しでも悪いと食物のせいではないか、寒さのせいではないかと側近たちをお叱りになっていました。わたしども雑仕女にまでそのとばっちりがきて、昨夜、帝の元へ薪炭《しんたん》をお運びをした者は誰ぞ、などと女房殿からお叱りを受けたことが何度かございました。

鳥羽院がお隠れになりましてからは、とりわけ美福門院さまは東宮《とうぐう》であられる重仁親王さまがいらっしゃるにもかかわらず次期帝位にご執心なされ、御子のない近衛帝の後、誰を帝に立てるかで策を凝らしていられたようです。崇徳上皇さまを毛嫌いなされ、崇徳さまも御母待賢門院《たいけんもんいん》さまから鳥羽院を奪い、死に追いやった張本人として美福門院を嫌っておいでのようでした。

あるとき雅仁親王さまの元へ参りますと親王さまが申されるのでした。「あこ丸よ、妙な雲行きになってきたことよ。まろは今のままが一番良いのじゃが」と。その時は何を申されているのか理解できませんでしたが、帝位がまわってきたことをおっしゃっていたのでしょうか。呆け顔をしているわたしに向かって「さあ、何をぼんやりしておるか。始めるぞ、お師匠殿」と、いつものおどけた口調で急《せ》かされたのでございますよ。

あらためて思い起こしてみますと、宮中というところはほんに妖怪変化の住むようなところでございましたなあ。わたしが宮中に出仕したいと思ったのは、若気の至りとしか言いようがありませんな。けれどもそのおかげでわたしは常磐殿と生涯の友となり、義経殿の身を一喜一憂しながら見守ることとなったのでございますよ。

雅仁親王さまがいっぷう変わった皇子におなりになったのは、もしかすると宮廷人に対する挑戦であったかもしれませんね。後白河天皇、上皇さまとお呼ばれになるようになってからもどう見ても雅びやかな宮廷人の長という雰囲気のお方ではございませんでしたな。ごつごつした身体にふさわしい豪傑笑いをなされたかと思うと、人を食ったように「こっこっこ」とお笑いになったり、歩き方も鬼の足音と紛《まご》うほどの荒々しいものでしたよ。後白河さまはおよそ忍び歩きということがおできにならず、遠くからでもすぐおいでがわかったものです。

わたしなどは雅仁親王さまの率直さが好きでございましたが、なにしろ宮中というところは下々の民には考えられない特殊な社会ですから、親王さまの振る舞いはことごとく傍若無人ととられたようでございます。ですから宮中では多くの者が親王さまをもてあまし気味でありましたね。

加えて、歌が主流の宮中で後白河さまは今様狂いときていています。これほど評判の悪い皇子は他にございませんでした。ご本人ならず、誰も帝におなりのお方とは思わなかったようです。ですから崇徳院自らも望んでいられ、賢明な貴公子として評判の高い重仁親王さまに次期帝としての注目が集まったのもごく自然なことでしたよ。

とはいえ、宮廷人の中にもほんのわずかですが、雅仁親王さまの不気味なお力に気づいている者がいたようです。わたしも親王さまの得体の知れない面に何度か触れたことがございましたが、側近の中にもときおり雅仁親王さまのうわさ話をする者がおりました。

「我が君ながら雅仁親王さまは妙な皇子でありますな。あれほど酩酊《めいてい》して騒ぎ、転げんばかりになりながら、聞くことだけはしっかりと聞いておられる。わたしが宴の戯れと思い申し上げた一言を覚えておられ、あれはどういうことじゃ、とお叱りを受けました。まことに正気とうつけの区別がつきがたいお方でございますな」

ところが、そんな親王さまに美福門院さまは白羽の矢を立てられたのでございます。雅仁親王さまを帝に推挙することによって我が地位の安泰を保ちたいとお思いになったのでございましょうか。

帝位を巡っての暗躍がなされている間も雅仁親王さまの身辺は今様一色でございました。宮さま付きの梨壺《なしつぼ》の女房殿は「親王さまが放埒《ほうらつ》な方でわたしどもは助かっております。堅苦しい宮仕えは御免ですものね」などとおっしゃり、親王さまのお側で競争するかのふうに夜っぴて今様を歌われるのでした。

一方、常盤殿に関して申しますと、この頃はまだ義経殿はお生まれではなく、義朝殿との間にお生まれになっていた二人の御子に囲まれ、たいそうお幸せそうでした。用事で街中に出たおり、お屋敷をお訪ねしたことが二度ばかりございましたが、主人の愛を欲しいままにしている女というものはこうも美しいものかと、わたしはご挨拶もそこそこに見惚れていたものでございますよ。今思えば、あの頃の常盤殿こそ、女人として満ち足りた花の盛りであったのでしょうな。わたしが結婚というものにほんの一時、心を動かされたのもそんな時でした。

わたしが不吉なうわさを耳にしたのは、雅仁親王さまが天皇におなりになってからまもなくのことでした。崇徳上皇さまが左大臣藤原頼長さまと密かに謀反を企んでいるというのですよ。出入りの商人が「あこ丸殿、今のうちに退出した方がよろしいですよ。市中では戦が始まるというもっぱらのうわさです」と小声で告げるのです。さらに声をひそめ「白河から上京《かみぎょう》辺りの町家の者たちが早々と家財道具を運び始めていますよ」などと耳打ちするのでした。

ところがこうしたことを耳にするとわたしの心は逆に作用してしまうのです。見るものを見てからでも遅くはないと、一時退出を延ばしておりました。が、そうは申しましても、物事には引き退《の》きというものがあります。それからまもなくして鏡の宿へ戻ったのでしたよ。

——あこ丸は萩を一瞥してやんわり笑むと小休止した。

二月前、萩が傀儡女をやめたいと相談にきたときのことを思い出しているのであった。思い止まって帰った萩のその後の気持ちを探るように萩を見つめていたが、やがて語り始めた。

それから数ヶ月後にうわさが現実のものとなったのですよ。この保元の乱こそ、常磐殿の生涯を暗示するものでありました。義朝殿は平清盛殿と後白河天皇さま方に加わり、勝利を収められたのですが、ずいぶんむごいことを強いられなさったのですよ。

なんでもわたしが鏡の宿に戻ってから耳にしたことですがね、残酷極まる刑を命じた張本人は藤原信西《しんぜい》殿であったということです。貴族である信西殿はしだいに勢力を持ってきた平家や源氏の武士団を内心では蔑視なされ、武士の力が大きくなることを阻害なされようとしたというのです。事の真実ははかりかねますが、信西殿ならそうしたことも平気でなされるかもしれないと思ったものですよ。

と申しますのは、雅仁親王さまの元へおいでになった折、一度だけお顔を拝見したことがありましたがね、親王さまと今様を歌うわたしどもを蔑むような眼で睨みつけておいででした。冷酷な蛇のような目に背筋が鳥肌だっていったのを忘れることができませんよ。

血肉を分けた御父、源為義殿を子である義朝殿に斬首するよう命令が下り、義朝殿は父御の命乞いをなさったそうですが、聞き入れられるはずがありません。そんな義朝殿を見てか、平清盛殿は率先して伯父忠正殿や従兄の長盛、忠綱殿を斬りなさったそうでありま す。謀反人と決めつけられた人々が六条河原や船岡山で次々斬首になったのでした。

わたしは街道に流れてくるうわさを聞いて嫌な予感を抱いたものですよ。血は必ず血を呼び起こす…、何者かの低い不気味な声を耳にした気がしたのです。後に常磐殿が文の中に記しておいでででしたが、あのお方も保元の乱の非情な処遇を見て黒雲のような我が行く末の不安を感じられたそうでございます。

その不安は的中し、三年後の平治の乱では今度は義朝殿が斬首されることになったのですからね。義朝殿三十八、常磐殿は二十四におなりでした。この時、牛若と呼ばれておいでの義経殿は生まれてまもない赤ん坊だったのですよ。父御の顔を知らない子は生涯、父を求めてさまようものなのでありましょうかね。義経殿の一生は一貫して父なるものへの憧憬《しょうけい》に貫かれていたように思えてなりません。頼朝殿への異常な忠誠心もその表われでありますよ。ところが頼朝殿にはその気持ちが通じない、それどころか使うだけ使うと今度は謀反人の罪を着せてしまわれたのですからね。常磐殿の嘆きが今もどこからか聞こえてくるようでございますよ。

義経殿を出産された頃、常磐殿は大変であったのでしょうな。侍女《じじょ》の助けがあっても三人の御子の世話は並大抵ではない。それに源氏と平氏とのぎくしゃくした関係も耳に入ったりして精神的にも辛い時であったようです。常磐殿の消息は途絶えがちでした。ですから平治の乱が起きて義朝殿が斬られたといううわさを聞いた時には、わたしも気が動転したものですよ。常磐殿はどうなされているだろうか。まさか斬られるということはないだろう。が、源氏の血を引く御子たちは殺されても不思議はない。とすると常磐殿も御子たちの後を追われるに違いない。そんなことを考えていると生きた心地もしませんでしたよ。

美しくて気立てのよい常磐殿は中宮さまはむろん、女房たちからも気に入られておいででした。わたしのように単刀直入にものをいうこともなく、控えめな方でありましたから美貌にもかかわらず人に嫉まれることもなかったですね。授かりものの菓子をよくおもらいで、それをいつもわたしたちに分けてくださいましたよ。もちろんわたしも親王さまからいただいた珍しい菓子をおすそわけしたものですがね。

またあるときには常盤殿に文をつかわす殿御《とのご》の品定めにも加わったものでしたよ。義朝殿はそうした殿御の一人であって眉太く、色黒く、たおやかな常盤殿とはまったく対照的なお方でした。けれども情の細やかさでは他の殿方には及びません。数ある妻妾《さいしょう》の中でもことのほか常盤殿を大切に思っていられましたが、他の妻妾方への配慮もお忘れではなかったようです。そんな点は義経殿にも引き継がれたのかもしれませんな。

――萩はあこ丸の言葉に静かに微笑んでいた。確かに義経殿は正妻や静殿ばかりでなく、この萩たち傀儡女にもまた貴族出の姫君たちにも優しい御心をお見せだった。

古ごとが次々飛び出し、ずいぶん道草をしてしまいましたな。わたしがこれから語ることは決して老いの戯言《ざれごと》ではございませんぞ。そなたにこれから確とした証拠を見せましょうぞ。

――あこ丸は萩に向かってそう言うと腰をことさらぴんと伸ばし、奥の間に入って行った。やがて得意然とした笑みを浮かべ、螺鈿《らでん》の文箱を頭上に掲げるようにして戻ってきた。

これはわたしの宝物でございます。それも常盤殿亡き今となっては手元に置いていても悲しみがますばかり。また鎌倉殿の手の者に読まれ、おもしろおかしく世に吹聴されるのも情けのないことですからね。供養のつもりで御文を一つ一つ読み返し、常盤殿と最後の語らいを済ませた後、義経殿ゆかりの宿、白木屋に収めたいと思っているのですよ。

――萩は鏡の宿のあこ丸の下に弟子入りしてまもなく、幸運にも金売り吉次に連れられ奥州へ下る義経殿と出会っていた。傀儡女たちの末席で舞を舞っていた小娘の頃が懐かしく思い出された。

常磐殿から鏡の宿のわたしの元へ初めて文が届いたのは一番下のこれ、永暦《えいりゃく》二年(一一六一)の日付の文でありましたかね。平治の乱で義朝殿が殺されなさった後、常磐殿の安否がわかりませんでね。平清盛殿の妾として清盛殿の六波羅《ろくはら》のお屋敷で暮らしていられるとか、またある者は尼におなりになって義朝殿の菩提を弔っていらっしゃるとか、さらには義朝殿を追って自害なさったそうだとか、うわさは様々に入り乱れておりました。

――あこ丸はしばらく宙を見つめるように視線をたゆたわせていた。が、やおら灯火の近くに寄ると、姿勢を正して萩に一礼し、美しい声で読み始めた。凛《りん》として張りがあり、歌うように読み上げていくさまは、さすが街道筋随一の傀儡女、今様の名手と言われただけのものが今なおうかがえるのだった。

あこ丸さま、ごぶさたしております。ずいぶんご心配くださったことでありましょう。この二年あまりの間はもう悪夢の日々でございました。思い出したくもありませんが、あえてお知らせいたします。それがご心配くださったお心に報いるせめてものわたしの気持ちとお思いください。義朝殿がお亡くなりになってから、姿を隠さないと清盛殿に三人の幼い子どもが殺されてしまうと、わたしは奈良の山奥に住む叔父をたよって急ぎ京を抜け出したのです。

雪の降る寒い日でしたが、一刻の猶予もございません。わたしは泣く子らをなだめすかせながらいつしか自分も涙を流しているのでした。たびたび休むこともできませず、足は凍え、感覚はなくなっていきました。わたしはともかくとして、子どもたちの足をそのままにしておくと凍傷を受け、歩けなくなってしまいます。かえでと申す供の者といたいけな子どもの足を止まっては撫でさすってやったものです。そのうち、わたしどもの足も動けなくなり、かえでと互いに足をもみあう有様でした。

わたしは子どもたちを助けたい一心で歩き続けてきたのですが、疲労困憊《こんぱい》していたのでしょう。前方に義朝殿の幻が散らついて離れなくなっていました。立派な武者姿ではなく、世にも恐ろしい首から血をたらしたお姿であり、手招く手からも血がたれているのでございます。

恐ろしさのあまりにそのことをかえでに告げるとかえでは申すのでした。「殿が奥方をお助けしようとなさっているのです。黙って殿の後に従ってまいりましょう。これこそ、天の助けというものです」。かえでというのはわたしが義朝殿の元にまいってから陰日向《かげひなた》なく仕えてくれている侍女でございます。

義朝殿のご加護があったのか、わたしどもは無事、ひなびた叔父の家に着くことができました。ところが、そこも長くいることができなくなったのです。わたしどもが京を出奔《しゅっぽん》した後、残っていた母が捕らえられ、子どもたちの隠れ家を教えないなら母を殺すと脅されているというのです。

たった一人の肉親でございます。罪のない母が身代わりに殺されるのを黙って見ているような親不孝はできません。旅の疲れも癒えない体を再び鞭打ち、三人の子どもを連れ、六波羅の清盛殿のお屋敷に向かったのでした。行くにしたがって雪が深く、何度このまま義朝殿の元にまいろうと思ったことでしょう。

人という者は恐ろしいものでございます。清盛殿のお屋敷に近づくと、周囲はたくさんの群衆でさんざめいておりました。なんでも哀れな捕らわれ者の義朝の女、しかも美女中の美女を見ようとする人々だということでした。かえでの咄嗟の機転でわたしのよれよれになっていた壺装束は脱がされ、代わりにかえでの衣を着せられ、市女笠《いちめがさ》を深くかぶり、わたしは先頭に立たされたのでした。その後からかえでが三人の子を抱えるようにして供の男に守られ門に入っていったのでございます。

わたしは全身全霊、母の助命を清盛殿に嘆願いたしました。そして三人の子どもを殺す前にわたしを斬ってほしいと泣いて頼みました。子どもが殺されるのを見るほど辛いことはありません。また自分だけ生きのびるくらいなら死んだ方がましでございます。

ところがどうしたことでありましょう。あの無慈悲な清盛殿がこうおっしゃったのです。「願いどおり、母御と子の命は助けようぞ」。わたしは一瞬、耳を疑いました。母はともかく子どもは間違いなく殺されると覚悟してまいったのでございます。わたしは喜びのあまりに呆然としておりました。が、それも束の間、わたしは次の瞬間、非情な宣告を受けたのです。「その代わりに常磐はわたしの屋敷に残れ」。清盛殿の言葉がわたしの耳裏で太鼓のように鳴り響いておりました。

時の大将にどうして抗うことができましょうか。かえでと母に子どもたちをあずけ、わたしは六波羅のお屋敷に残り、以後二年あまりの間、生き恥をさらすような思いで暮らしてきたのです。しかしながらいつまでも心を開かないわたしの存在が清盛殿はしだいに重苦しくなってきたのでありましょう。清盛殿はわたしを藤原長成という一条大蔵卿《おおくらきょう》に押しつけなさったのです。

長成殿は北の方をお亡くしになったところでした。優しいが気の弱い方と見受けられましたから清盛殿の申し出をお断りになれなかったのでしょう。竜の昇る勢いの清盛殿に当時の誰が反対の意を唱えることができたでしょうか。が、わたしにとっては六波羅のお屋敷を出ることはどれほどありがたかったかしれません。その点では清盛殿に感謝したいくらいです。羽振りのよい貴族とは思えませんでしたが、さすがにお屋敷は広いものでございました。

長成殿はわたしのことを天下の清盛殿からの大切な授かりものとでも思われたのでしょう。自らも丁重に接してくださり、側室の方も召使たちも誰一人としてぞんざいな態度を示す者はいません。それどころか、側室のゆき殿はときおりわたしを招きお茶菓子などをご馳走してくださったのです。哀れとお思いであったのでしょう。

しかしながら、長成殿が清盛殿の手前をお考えになってか、わたしを正室になされてからはゆき殿の態度がよそよそしくなったのです。わたしにも遠慮がございましたので、ゆき殿とも表面上のお付合いを出ることはありませんでした。

そのうちわたしは長成殿にお願いし、三人の子どもを引き取って育てるようになりました。けれども平家隆盛の世でありますから、源氏の子どもをこのまま長じるまで置くことに長成殿だけでなく家人にも不安があったようです。ある日、長成殿がおずおずと言い出されたのです。「子どもたちを寺にあずけてはどうだろう」と。命が助けられただけでもありがたいと思っておりましたし、清盛殿が成長していく源氏の子どもをいつまでも生かしておくとは思えませんでしたから、わたしも長成殿の意見に従い、三人を寺にお願いしたというしだいでございます。

実は三人の子の処遇については、かねてから清盛殿と長成殿との間で約束事があったようなのです。あこ丸殿、本当にこの世は夢、幻なのでございますね。わたしはこの数年、夢幻の海に浮かぶ木の葉のようでありました。このように筆を取っていてさえ、夢か現《うつつ》かおぼつかなくなるのでございます。

幸せというものは本当に淀みに浮かぶうたかたのようなもので一瞬のものなのですね。長成殿は何かと気をつかってくださいますが、わたしにはどうしても義朝殿に抱いたような気持ちを抱くことはできません。義朝殿と初めて宮中でお会いしたときの、あの心身がめくるめく感情をわたしはもはや持つことができないのでございます。

あこ丸殿はわたしにおっしゃいましたね。義朝殿と常磐殿が並んでいらっしゃると真っ黒な武者人形と色白の内裏雛《だいりびな》が並んでいるようだと。三人の子どものうち今若と乙若は義朝殿ゆずりの色黒で牛若はわたしに似たのか色白なのです。牛若は腕白で悪戯好きでずいぶん困らされました。貴族育ちの長成殿はそんな牛若にたびたび音を上げておいででした。

大切にしていらっしゃる掛け軸や書物に次々落書をするのです。それも過ぎしことととなってしまいました。子どもたちを手放した今、そんな思い出がなつかしく思われるばかりでございます。

――あこ丸は読み終えた文を手にしたまま、涙を滲ませていた。幾分色あせてはいたが、上質の料紙は時の経過をさして感じさせなかった。「萩よ、文字の合間から透き通るような美しい常磐殿のお顔が浮かびあがってきますよ。ほれ、そなたには見えませぬか」あこ丸はそういって恍惚として文字に見入るのだった。

頼朝殿について何も触れてなかったのは、やはり常磐殿がお生みになったお子ではなかったからでしょうかね。伊豆に配流《はいる》になったといううわさが流れておりましたが、後にかえで殿が申したところによりますと、常磐殿は頼朝殿があまりお好きでなかったようでございますよ。義朝殿のさっぱりした性格とは違い、なにかしら粘着質なものを感じるお子だと初対面の後、常磐殿がおっしゃっていたそうです。常磐殿はきっと母御の直感で後々義経殿を討ち殺す何かを頼朝殿に感じとっていらっしゃったのですよ。

——あこ丸は一人合点するふうにうなずき、再び語り始めた。

このころのわたしはほんに脂《あぶら》ののった歌い手でしたよ。仕事がおもしろくて仕方がありません。鏡の宿はもちろん、美濃の青墓《あおはか》の宿にも武者修業と称して出かけていったものです。青墓は、後白河天皇さまの今様の師として御所の局《つぼね》にお住まいになっていた乙前《おとまえ》殿の出身地でもありましたからね。そこは今様の上手が居並んでいる宿なのですよ。乙前さまはかなりのお年でありましたし、師となることを辞退なさったそうですが、天皇さまの熱意に根負けなさったのです。

話が前後いたしますが、乙前殿は十余年もの間、後白河さまにお仕えになり、というよりも法皇さまが乙前殿にむりやり師事なされたのでしたがね。八十四歳でお亡くなりになるまで師弟の間柄であられた方でございます。そなたもうわさに聞いて知っていましょう。『梁塵秘抄口伝集』というのは、嘉応元年（一一六九）に過ぎし日のことを回想して法皇さまご自身が口述なさったものを側近が書き留めた本でございますが、乙前殿への並々ならぬご配慮がつづられている箇所があるのですよ。わたしども遊女は我が事のようにありがたく思ったものです。そなたにもかいつまんで聞かせましょうぞ。

――あこ丸は厳粛な表情をして語り始めた。

後白河さまは病で退出した乙前殿を近くの家にお住まわせになり、忍んでお見舞いに行かれたのでございます。そのとき結縁《けちえん》のため法華経一巻を乙前殿のそば近くで読んでお聞かせなされたのです。そのあと、法皇さまは「歌が聞きたいか」とお訊ねになり、乙前殿が喜んで急いでうなずかれるといそいそと歌い始められたのです。

像法《ぞうほう》転じては

薬師の誓ひぞ
頼もしき
ひとたび御名を聞く人は
よろづの病ひ無しとぞいふ

（三二）

後白河さまが二、三べんほどお歌いになったところ、乙前殿は先の法華経より今様をお喜びになり、「お歌を承りましたから命も生き長らえることでしょう」と手をすり、感涙にむせばれたのです。

こんな天皇さまはこの世に二度とお出にならないでしょうな。ことが今様になるとひたすら純粋で幼な子のようにおなりになるのでしたよ。今様を歌われているときのあの無心のお顔、海坊主のお顔がたちまち幼子のものにおなりでしたからね。

法皇さまのお見舞いも功を奏せず乙前殿はお亡くなりになったのですが、法皇さまは朝には懺法《せんぽう》をよみ、夕には阿弥陀経をよみ、西方の九品往生《くほんおうじょう》を五十日間つとめ、お祈りになったのです。そしてまた一年の間、千部の法華経を詠みおわって次の年、法華経第一部を詠んだあと、乙前殿が経よりも歌の方が喜ばれたことを思い出され、乙前殿にお習いになった今様の中から、暁方《あかつきがた》に足柄《あしがら》十首、黒鳥子《くろとりこ》、旧川《ふるかわ》などを歌って、さらに終わりには長歌を歌って後世のため弔いをなさったのでしたよ。

およそこうしたことは、貴族の高官には考えられないことだったのでしょうな。先年関白になられた九条兼実《かねざね》殿は法皇さまのことを、「黒白を弁ぜぬお人」であるとか、「比類少き暗主」、と陰で悪口を叩いていらっしゃるということでしたが、あの方々には暗主であってもわたしどもにはこの上ないお方でありましたからね。

とは申しましても、この年まで生きてまいりますと、人というものがいかに得手勝手なものであるか、思い知らされますよ。そなたも義経殿のお近くにいて、思うことが山ほどあったでありましょう。それだけにいっそう愛おしみの情も強くなるのでしょうがね。義経殿や後白河法皇さまとて例外ではございません。

——あこ丸は余分なことを語ってしまったと言わんばかりに自嘲の笑みを浮かべた。後白河さまのことをつい思い浮かべてしまうのも縁の深さによるものだろう。思えば法皇さまと常磐殿はあこ丸殿の人生においてたえず伴奏を奏でていたお方であったのだ。萩は半世紀を芸一筋に生きてきた強者の老女を愛おしく見つめた。

箱から次の文を取り出したあこ丸はなぜかすぐには読まずしばし眺めていた。その文は初めのものよりこころなしか筆づかいが荒く、日付も記されていないのだった。

あこ丸殿、ずいぶんごぶさたしております。この間、長成殿との間に御子をもうけたものですからつい無礼をお許しくださいませ。さてこのたび気がかりなことが起こってしまったのでございます。鞍馬のお寺におあずかりしていただいていた牛若が行方不明になったのです。上の兄たちとは違ってお寺にまいってからも仏道修業に励むというより、隠れて武術の練習をしていたという子どもですから行く末が案じられてなりません。

そんなありさまを平家方にでも見いだされたならただではすまされないでありましょう。お寺から牛若出奔の報せを受けてからというもの、夜もまんじりともできず眠ることができません。子どもと申しましても世が世なら元服を済ます年ごろでございます。あこ丸さまの鏡の宿は人の行き交いも多いことでございましょう。もしかしてその中に牛若が、などとかすかな望みを抱いております。

背の丈はあまり高くはありませんが、眉の濃い、自分でいうのも気がひけますが色白のりりしい顔立ちをしております。といってもこのわたしも牛若が鞍馬《くらま》にまいりましてから七年近くあったことがなく、人づての話でございます。そのような男をお見かけのことがありましたらどうかよろしくお願いいたします。

常磐殿のご苦労は後を断たないようでありましたよ。この鏡は宿駅ではありますが、都大路《みやこおおじ》の賑わいに比べるとひなびた宿にすぎません。目に立つお人が宿の前をお通りになればお泊まりにならなくてもたちどころにわかりますからね。とはいいますものの、常磐殿の文を手にしてからこのあこ丸、不覚をとってはならぬと常にまして目を皿のようにして旅人をうかがっておりましたよ。そなたも覚えておいでかの。わたしがあまりにたびたび出たり入ったりするものだから皆から不審に思われたことを。

――萩は首を傾《かし》げ、ややあって左右に振った。

それから二ヶ月ばかり経ったころでしたかねえ。宿駅の長者、なか殿から使いがあったのです。大切な方が到着なされたから歌い手を連れてすぐ帰ってくるようにと。このときわたしは五名あまりの傀儡女たちのまとめ役でした。新入りのそなたは誰よりも芸に熱心でよく「あこ丸殿のようになりたい」と申しておりましたよ。そんなことを言っていながら後に義経殿が判官《ほうがん》として京に入られると歌をお聞かせするのだと、行ってしまったのですからね。

わたしはなか殿の引き立てで後に長者となったのですが、それはもう並の忙しさではありませんでしたね。宿泊人の世話や伝馬《てんま》の継ぎたてを行い、街道きっての歌の名手として美声もふるわなければならない。あこ丸殿にないのは亭主だけだと言われましたよ。仕事がおもしろくて、わたしは仕事のためにこの世に生まれてきたのだとさえ思っていたのですからね。

また話がそれてしまいましたな。齢を重ねるとこれだから周囲の者に嫌われてしまうのですよ。わたしがなか殿の宿、白木屋にまいりますとすでに数人の一団がその統領とも見える男と利発そうな男子を中心に酒を酌み交わしておりました。

どこかで見たような顔であるけれども思い出せない。わたしがもどかしく思い、男をじって見つめていると「どこかでお見かけした女人でございますな」と頭巾をかぶったその男が声をかけてきたのですよ。わたしの声と男の声はほとんど同時でした。「吉次殿ではありませんか」。「やはりあこ丸殿、そなたは鏡の宿においでなのか」。わたしたちは美濃の青墓での出会いを懐かしく思い出したのです。

青墓では吉次殿は奥州から砂金を持って京に向かわれる道中だったのですが、今回は京から奥州に戻る途中だとのことで吉次殿はたいそうご機嫌でした。わたしは吉次殿とお話ししながらもかたわらの若い男が気になっておりました。どこかでお会いしたような気がするのだが、定かではない。わたしがあまりにもぶしつけな視線を向けるものですから男はきっとした眼光をわたしに向けてきました。そのとき、わたしの脳裏に常磐殿の文が電光のようにきらめいたのです。間違いない、この男こそ牛若さまに相違ない。どこかで見たように思ったのは、亡き義朝殿の幻の顔を牛若さまに重ねていたのですね。

かつて義朝殿を垣間見たときのきりりとした眉と切れ長な眼。わたしは品定めをするため宮中を退出なさる義朝殿を凝視しておりましたから、この年になってもよく覚えているのですよ。色の白さといい、中高の鼻といい、全体としては常磐殿に似ていらっしゃるが、威圧するふうな眼差しは紛れもなく義朝殿のものでした。もはやお訊ねするまでもありません。わたしは喜びを隠せないままおそばに行ってなにやかやとお世話をいたしたのでございます。

供の者もなか殿も誰一人、若い男の素性をうんぬんする者はおりません。暗黙の了解とはこういうときのことを申すのでありましょうな。ただ一番若かった萩、そなただけが酌の合間に義経殿の横顔に見惚れ、ぼうっとしておりましたよ。

——萩はあこ丸の言葉に目を細め、懐かしい光景をたぐり寄せているふうであった。

集う誰の言葉も主人が誰であるかということを示し、その中心に向かってすべてが動いているようでしたねえ。吉次殿は誰かれかまわず酒をふるまい、奥州の話に余念がありませんでしたよ。けれどもわたしどもが歌い出すとすっと立ち上がり、歌と踊りの輪の中に入り、声を張りあげて舞われるのでした。

思ひは陸奥《みちのく》に
恋は駿河《するが》に通ふなり
見初めざりせばなかなかに
空に忘れて止《や》みなまし
（三三五）

牛若殿の行き先、陸奥の国を思うからか、わたしは気がつくとこの歌を歌っていたのです。供の者たちも一人立ち、二人立ち、いつしか全員が歌に合わせて踊っていました。牛若殿の舞のお上手なこと、寺ではさぞ武術の訓練をなされたことでしょう。身のこなし方が軽業師のようであり、他の者とは明らかに一線を画しておりましたね。

わたしは感無量になり、いつしか歌うことも忘れ、牛若殿のお姿に見惚れていたのでありますよ。このことを早速、文にしたため、常盤殿にお知らせしよう。たくましくご成長なされたことをお知りになればどれほどお喜びになるだろう。こんなことを思いながら涙ぐんで見つめていたものです。

　が、こうしたお姿が平家方の目に止まれば常盤殿のご心配も現実のものとなりかねません。思いは牛若殿も同じであったようです。その夜半、牛若殿は前髪をお切りになり、烏《え》帽子《ぼし》をいただき、東男《あずまおとこ》に装うことを皆にご提案なさったのでした。自らもとどりを取り上げ、烏帽子屋、五郎太夫《ごろうだゆう》に烏帽子を請い、おつけなさいました。それから日ごろ、懐にお持ちだった刀を差し、元服なされたのです。お名前も新たに源九郎義経とお名乗りになり、宿の近くの鏡神社に武運長久を祈願なさったのでした。そのお供は叶いませんでしたが、わたしどもはなか殿と一緒に神社からお戻りになるまで手を合わせて行く末の安泰をお祈り申しあげておりました。

　お帰りになられた義経殿は白い頬を赤く染められ、ひどく緊張なさっているご様子でした。並々ならぬご決意であったのでしょうな。濃い眉がぴんと張りいっそう黒く見え、愛らしく思えた口元も固く引き締まっておりました。まだ少年のおもざしも残しておいでしたのに、借りのものではあっても元服という儀式をするだけでこうも表情が変わるものかと思いましたね。

そなたも覚えておいででしょう。宿の者は皆、健気なお姿に涙ぐんでいたことを。その時なか殿が小声で、「ようく覚えておくのですぞ。源氏の御大将の門出を」と申されたのでした。

白木屋では義経殿が元服の時にお使いになったたらいを今も宝物として、厚絹《あつぎぬ》のふくさで包み、箱にしまっております。これからも代々の主人に引き継いでいってもらうつもりですよ。そうでなければ義経殿の非運な生涯がうかばれませんからね。せめて御名を後々までお伝え申し上げたい。わたしども女は武勇を崇める気持ちより、民や女人に対する義経殿のお優しい心ばえに惹かれるのでございますからね。

しかしながら世には永遠の安泰などというものはございませんからね。どうなりますことやら。

二　前兆

義経殿が奥州へ下られてから四年あまりたった安元《あんげん》三年（一一七七）のことでしたかね。このとき、わたしはたまたま京へ舞と歌の修業に出かけていましたよ。京へ行ってしまったそなたの修業ぶりも見たく思いましたし、都の流行も知っておく必要がありましたからね。

あこ丸といえば、かつて宮中でも評判の今様の名手、都落ちしたとはいえ、田舎者呼ばわりされるのはたまりませんからね。

この年、四月も末《すえ》つ方、わたしは馴染みの者の家に宿泊していましたよ。風の吹きすさぶ恐ろしい夜でした。戸板がたえず強い音を立て、激しく揺れ、小屋ごと持ち上げられ吹き飛んでしまうのではないかと、なすすべもなく一晩中震えておりました。常なら仲間を呼び寄せ、久しぶりに旧交を温めるささやかな酒宴を持ったりしたものですが、その日は暮れ方から早々と夜具にくるまり、風の止むのをひたすら願っていましたよ。そなたは確か、その夜は坊門《ぼうもん》さまのお屋敷に招かれていたのでしたね。あのお屋敷も炎に包まれ、翌日、煤だらけの顔をした萩に出会ったときは仰天してしまいましたよ。

戌の時（午後八時）のころだったでしょうかね。にわかに辺りが騒々しくなり、火事だ、火事だと、わめき声が聞こえてきました。しばし耳をすましていますと、ぱちぱちという音がかすかに聞こえてくるのですよ。これは近いと判断したわたしはすばやく身仕舞いをして外に飛び出していきました。眼前はもはや火の海でね。てっきり数軒先が燃えているものと早合点してしまいました。が、夜の火はまじかに見えるのですよ。火元はかなり先の樋口富小路《ひのくちとみのこうじ》ということを知り安堵しましたが、なんでも近江日吉神社の舞人が泊まっていた仮小屋から出火したというのです。

日吉神社の舞人といえば同じ近江、しかも近ごろ舞い上手として評判の、後白河法皇さまが寵愛なさっている伎一さんもいらっしゃった。わたしが今回上京したのは実は伎一さんの舞を拝見したいという目的もあったのですよ。

何町も離れているから大丈夫だろうという一時の気の緩みも瞬く間に消えていきましたよ。火は悪魔のように真っ赤な舌を闇に広げ、近づいてきましたからね。風は火力に煽り立てられ、いっそう獣のように荒れ狂い、花びらをまき散らすように一町も二町も先へと炎をばらまいていくのですからね。

「悪魔のしわざじゃ、崇徳上皇さまの怨霊じゃ」などと、大声で走り叫ぶ声が聞こえてきました。気がつくと群衆に紛れこみ、このわたしもただ走りに走っておりましたよ。止まってしまえば踏みつぶされるか、煙にむせて死んでしまう。

一晩中走り続けていたのでしょうな。東の空が白んでくるころには、河原の空地に正体もなくへたっていましたよ。周りの者の顔は皆、煤で黒くなり、目ばかりがぎょろぎょろしていました。気が変になったのか、年寄りの中には「ここは三途の川の畔でありますかな」などと、ぶつぶつ言いながら歩きまわっている者もおりましたよ。

なんでもうわさによると、朱雀門《すざくもん》、大極殿《だいごくでん》、大学寮《だいがくりょう》、民部省《みんぶしょう》にまで火が移り、灰となってしまったということでした。ああ、おそろしや、おそろしや。常磐殿や法皇さまはどうなさっておられるだろうと、気が気ではありませんでしたよ。

まさか、伎一さんは焼け死んだりはしていないでしょうね。わたしはこんな時にも浅ましいことに、今をときめく舞の上手、伎一さんに挑戦したいという気持ちを密かに抱いていたのですよ。

気持ちばかりが先走り、どなたを先に見舞ったらよいものか判断もつかず、ごったがえす道路をわたしはうろうろしていたようです。真っ黒の顔のそなたに出会ったのはそんな時でしたね。萩はあの時、思わぬ方向に飛び火し、公卿の家なども十六軒焼けたと泣きながら申しておりましたな。まだ小娘のおまえさまには大変な出来事であったのでしょう。このわたしも死者十数人、牛や馬が黒焦げになっているのを道々見ましたですからね。

けれども人間というものは、いざとなると凄い力を持つものですよ。わたしがほうほうの体《てい》で都を脱出しようと、近江に向かった翌日の昼つ方には、焼け跡で早くも復興に立ち向かっている人々があったのですからね。間に合わせの住まいでありましょうが、煤で黒くなった焼け残りの柱を使い、小屋を建てようとしていましたよ。まだくすぶりの煙が細くたなびいている中、カンカンと槌の音が響いていくのを耳にしていると、わたしの心までが奮い立ってきましたね。わずかな焼け残りの品を拾う人でさえ、みじめというより頼もしく思えたものです。

またしても脱線してしまいましたな。年寄というものはどうしてこうもあちこち話が飛んでしまうものでありますかな。萩に愛想をつかされないようにしませんとな。

あこ丸はにたりとして話を続けるのだった。

この大火はやはり、争乱の前兆であったのですよ。あの揺るぎなく思われた清盛殿の政《まつりごと》がそれからまもなく軋《きし》みを見せ始めたのですからね。

鹿ヶ谷《ししがたに》の事件、この事件は大火の二ヶ月後の六月のことでしたか。このごろはとみに物忘れがひどくなってきましたから確《しか》とは申せませんが。法皇さまの近臣である藤原成親《なりちか》殿、師光《もろみつ》殿(西光法師)、成経《なりつね》殿、僧の俊寛《しゅんかん》という方々が、東山の鹿ヶ谷の俊寛殿の山荘で平家打倒の相談をしたという出来事でありました。陰謀を知った清盛殿の怒りは大変なものであったそうです。

師光殿は死罪、成親殿は備前へ流罪。成経殿や平康頼殿、俊寛殿は鬼界ヶ島《きかいがしま》へ遠流《おんる》になったのでしたね。

この年（一一七九）の十一月に清盛殿が後白河法皇さまを鳥羽に幽閉されるという事件が起きたのでした。法皇さまが平家方の知行国《ちぎょうこく》をお取り上げになったり、清盛殿の娘婿を越えて幼いお子に中納言の職をお任じになったことへの報復であったようです。

このときも街道筋を行き交う商人たちは「清盛殿も清盛殿だが、法皇さまも負けず劣らず権勢欲の亡者だ」などと申しておりました。

ときとして幼稚な気紛れが噴出するため「法皇さまは暗愚だ」などと陰口を叩かれておいでのようでしたが、そうした行為は芸能に執心するものなら誰もが持っている性分なのでございますよ。萩、そなたもそう思いませんか。このわたしが突然、憑《つ》かれたように他国へ出奔するのもそうした性《さが》からくるものなのでありましょうね。法皇さまは政をなさるべきではなかったのです。芸能の人としてお暮らしになるべきでした。

清盛殿と後白河さまは年来の宿敵のように思われがちなのですが、お仲のおよろしいときもあったのです。法皇さまがご寵愛されていた后の建春門院《けんしゅんもんいん》さまがご生存のときでございました。

建春門院さまは清盛殿の奥方、時子殿の妹御《いもうとご》でいらっしゃいましたので、おそろいで清盛殿の福原の山荘や安芸の厳島神社に御幸なさったことがあるくらいでございます。それも建春門院さまあってのことだったのでしょうね。しかしながら、昨日の敵は今日の味方ともなり、今日の味方は明日の敵ともなるのが上の方々のならいでございます。驕《おご》り高ぶった人間どもに思い知らせるように天災が続けて起こったのもこのころでしたね。

翌治承四年（一一八〇）四月でしたか、常磐殿は京を襲ったつむじ風の凄まじさを文に綴っておことづけになったことがありました。そなたが鏡の宿に戻っているときでしたよ。わたしが文を読み上げるのを聞いて萩は命拾いをしたと胸をなでおろしていましたからね。

――あこ丸は文箱の文を物色しながら、確か長成殿が怪我をなされたとか、お書きになっていたのだが……と独り言をつぶやいていた。

ありました。これですよ。治承四年四月の日付が記されておりますから。あこ丸はそう言うと今様ふうに得意の喉を震わせ読み始めた。

あこ丸殿、お元気でいらっしゃいますか。都はもう、大変なありさまでございました。中御門京極の辺りからものすごいつむじ風が起こって六条辺りまで吹き抜けたのです。長成殿はその風の一端にあい、飛んできた板切れで頭を少しばかり切られたのですが、その時の風が物を巻き込みながら空へ舞い上がっていく様子は大蛇か竜が暴れているとしか思えなかったそうでございます。

家々は大きいのも小さいのもすべて壊れ、そっくりぺしゃんと押しつぶされたものや、桁や柱だけになったものも少なくありませんでした。家財道具という家財道具はみな空中に舞い上がり、まるで木の葉が木枯らしに吹き散らされるようであったとのことです。わたしなどがその場に居合わせていたら、おそらく腰を抜かすか、箪笥などと一緒に空へ吹き上げられ、今ごろは義朝さまの元へまいっていたかもしれません。こうした世の中、いっそ早くあの世へと思いますのに、因果にもまだ生き長らえる運命のようでございます。わたしが生きていたとて牛若たちに何一つしてやれることがございませんのに。

牛若については奥州平泉で藤原秀衡殿のご厄介になっているとのことを吉次という金売り商人の使いだという男から聞いたことがありますが、肝心の本人から何の消息もありませんので確かなことはわかりません。いつぞやあこ丸殿からいただいた文に牛若が元服したという旨のことが書かれていましたが、やはり、牛若は達者で奥州にいると思ってよいのでありましょうか。長成殿の手前、牛若に関することを話題にすることもできませず、ひたすら金売り商人の言葉を信じるのみでございます。あこ丸殿が牛若が元服したと仰せなら、うわさは間違いないとわが心を慰めております。

長成殿は大風の日、やっとの思いで帰っておいでになり、地獄に吹く業風というものはああした風のことかもしれないと、ずいぶん興奮しておっしゃっていました。風が少しおさまってからなんとか現場を脱出しようと試みなされたそうですが、塵、芥が煙のように飛び、目も開けていられない状態だったとのことです。が、長成殿は家に帰りたい一心で地を這ってここまで帰ってきたのだと血の垂れた煤けた顔をお向けになり、今にも泣き出さんばかりでございました。怪我をした者が数えきれないくらいいたということでございます。

さらに、つむじ風はひつじ(南南西)の方向から中央の方へ移動していき、その被害は見るも無惨でございました。これはただごとではない。神仏が何かをお告げになっているのではないか、と不安そうに話している者もあちこちにいたようでございます。だからといって力のない者に何ができましょうか。

ともあれ、長成殿のお怪我も大事に至らず、安堵しておる次第でございますが、これからはて、どのようなことが起こりますやら。都では不穏なうわさが行き交い、この世の末も間近いと、ひたすら念仏を唱える者の姿が目立つようになりました。

それではあこ丸殿、お達者で。ますます、芸事に精進なされますように。あなたさまは身を立てるすべをお持ちですから、いかなる場合でもおのれを虚しうなさるということはございますまい。ほんに羨ましい限りでございます。

常盤殿をはじめ、都の人々の不安は的中したのでありますよ。文をいただいてからひと月もたたない五月のことでありましたか。その日は朝から街道筋の行き来が常より多く、なにやらざわついた雰囲気が漂っておりました。宿でゆっくり休憩する様子もなくあわただしく立ち去っていく者もおりましたし、武士の一団が早馬で通り過ぎていくのも見受けられました。

源三位頼政殿が以仁王《もちひとおう》を奉じて平氏打倒の兵を挙げたといううわさを耳にしたのはその翌朝であったでしょうかね。頼政殿は平治の乱でただおひとり、平氏方につかれた源氏の大将でございます。しかし、やはり平家の世、居心地が悪かったのでございましょうな。

以仁王というお方は後白河法皇さまの皇子でいらっしゃいましたが、清盛殿の御娘《おむす》、徳子さまが妃となられている以仁王の弟皇子、高倉天皇が帝位におつきになったに及び、ご不満がおありであったようでございます。さらに立太子なさったのが、生まれてまもない言仁親王(二年後に即位する安徳天皇)であられましたからご不満も積もりに積もったのでありましょう。

しかしながら、このあこ丸にはそうした争いはどうでもよいことなのです。と申しましても、上に立つ人々の争いはわたしども無関係な下々を必ず不幸に陥《おとしい》れるので、まったく知らぬふりをしているわけにもいかないのでございますが。

引き続くうわさによれば頼政殿は五月二六日、宇治の合戦で破れ、平等院で自害なさったということでした。また、以仁王も南都（奈良）へ逃れる途中、山城の辺りで敗死なされたそうであります。街道を行く者の話を聞き、わたしは胸騒ぎを覚えたものですよ。戦の世が間近に迫っている。血なまぐさい風が峠の向こうから吹いてくる……。

案の定、わたしの予感は当たりましたね。この年の八月に、頼朝殿が伊豆で挙兵なされたのであります。街道筋をひとかたまりになって行き交う武士の一団も多くなり、殺伐とした空気がみなぎるようになってきました。

だからといってわたしども傀儡女は、上に立つ方々の争いに巻き込まれてしまうわけにはいきません。日々のなりわいがかかっております。今様というのはこの「今」が勝負なのですからね。宿の女たちは東国の武士が平家打倒のために決起したといううわさを右の耳から聞き、左の耳に抜けるときにはそうしたうわさもしっかりと節をもった歌に変えてしまっているのでしたよ。

鷲《わし》の棲《す》む深山《みやま》には
なべての鳥は棲むものか

同じき源氏と申せども
八幡太郎は恐ろしや

（巻二）

源氏の大将頼朝殿は八幡太郎義家殿をしのぐ人物であろうか。伊豆に流され苦労なされた人と聞いているが、常磐殿はかの人のことを文にもしたためられたことはない。わたしは頭の隅でこんなことを思いながら舞っていたのですよ。ところが驚くなかれ、商人風ではありますが、伴の者と茶を飲みながら踊りを眺めていた男たちが、義経殿の名を口にしたのです。男たちは義経殿のうわさをはじめたのですよ。

なんでも富士川の合戦の後、義経殿が鎌倉の頼朝殿の元へ奥州から馳せ参じられたというのです。富士川の合戦といえば忘れもいたしません。平維盛殿の率いる三万もの源氏追討軍が京を出発し、駿河国富士川の西岸に陣をとったということですが、川辺に集まっていた大群の水鳥のはばたきを敵の大群と思い込み、ほうほうの体で戦わずして逃げ帰ったというのでした。「平家であらずんば人でなし」などと豪語していたのですから、いい気味だと思いましたよ。

義経殿が頼朝殿の元へまいられたといううわさは、常磐殿のお耳にも入ったようでありましたよ。しかしながら、ご病気がちとはいえ、まだ清盛殿はご存命でいらっしゃいます。源三位頼政殿の挙兵の後、一時福原に遷都なさっていましたが、富士川の合戦の後、再び京に還都なさっています。落ち目とはいえ、平家方にはまだまだ油断がなりません。常盤殿は密かに従者を鎌倉へ様子伺いに行かせたとお書きになっていたのでしたが…。あの時の文はどれでしたかね。

——あこ丸は文の束をていねいに調べ直し、目的の文を探すのだった。料紙を手にしているだけでそのときどきの心のつぶやきが聞こえてくるのか、目の前の萩を忘れたかのように文字に見入った。

ありました、これでございますよ。治承四年（一一八〇）、晩秋と記されていますから。そうそう文に紅葉した楓の葉が挟んであったのです。今はもう朽葉となっていますが、あのときはこんな美しい楓がどこにあるのだろうと思ったほど真紅の光沢を放っておりましたよ。

文を読んだ後、子をなさないわたしは母御の子を慕う気持ちに打たれ、うらやましくさえ思ったものです。萩、そなたも子を生んではいなかったのですね。わたしども芸を第一とする者には暗黙の掟のようなものがありましたからね。芸一筋に生き、家族を持たない傀儡女が少なくなかったですよ。

そうはいっても、傀儡女も変わってきたものです。芸でなく体で暮らしを立てる者も出てきたのですから。

あのころの常磐殿の文には文字にも張りが見られ、文章が躍動しておりましたよ。萩、そなたも読んでごらんなされ。


今日は大変うれしいことをお知らせいたします。いつもながらあこ丸殿を心の支えとしているわたくしでございますが、これも短くはありましたが宮中でのご縁かとありがたく思っております。

先日、鎌倉から使いの者が戻ってきて申しますには、義経殿の名を呼ぶ者があるのでびっくりして後を振り向くと、小柄で色白の武者が色黒の毛深い男となにやら話していたというのです。使いの男は義経が鞍馬のお寺を出る直前まで密かにわたしの使いをしてくれておりましたので、それから八年近く経ったとはいえ、義経の顔を忘れるわけがございません。間違いなく牛若さまであったと申します。

奥州で鍛えられたのでしょうか。小柄で色の白いところは相変わらずであったそうですが、ずいぶん精悍な顔つきになっていたそうでございます。藤原秀衡殿はよくもここまで立派な武者に育て上げてくださったことよ、と使いの者は思わず陸奥の地の方向に向かって頭を下げたそうです。名乗って話をしたわけではなかったのですが、義経であることは間違いないでしょう。

鎌倉は勝ち戦の知らせを受けてか、武者たちでごったがえしていたそうです。一方、京の町の侘しさは、再び都が京に還《かえ》ったとはいえ、変わることはございません。福原遷都のとき、たくさんの建物が壊されたのでしたが、まだそのままの空地がいたるところにあり、うらびれた感じはぬぐいようがございません。依然、賑わいを見せているのは舞人たちの住む仮小屋のみでございます。

鎌倉の話に戻りますが、使いの者は小一時間というもの、通行人を装って義経と思われる男のあとをつけたのだそうです。鎌倉には新築の屋敷が並び、新たな都が生まれているといってもおかしくないほどの活気であったそうです。使いの者は義経も当然、新築の家に入っていくものと思っておりましたところ、下々が住むような家に入っていったというのです。従者の家にでも入って行ったのかと始めは思ったそうですが、たまたまやってきた物売りにそれとなく訊ねてみましたところ、このお屋敷には少し前から頼朝殿の弟、義経殿がお住まいになっているとのことです。

使いの者は唖然としたが、たちまち腹立たしい気分になったそうでございます。新築の館は一つや二つではございません。御家人たちを指揮、監督するお役所までできているというではありませんか。頼朝殿の重臣に住まわせる新築の屋敷はあっても、腹違いではあっても父を同じうする弟を住まわせる屋敷はないということなのでしょうか。わたしも使いの者同様怒りを覚えると同時に行く末の黒雲を見た思いになりました。、そんな思いも贅沢というべきなのかもしれません。義経が生き長らえてくれさえすればれぱと思っていたわたしでありましたから。当の本人は家の粗末なことなど眼中になく、燃える思いで今こそ、父の無念を晴らす時と思っているでありましょう。

が、従者が申しますには頼朝殿は義経が平泉から駆けつけた時、涙さえ浮かべられたそうです。わたしもそれを聞いて幾分安堵したのでございますが。義朝殿の血を受けた源氏の子たち。ここまでくれば平家が滅びるのも時間の問題だと、ひとり喜びを味わっていたのでありました。

それからこれは傀儡女としてのあこ丸殿に東国の芸能について一筆記しておきます。使いの男の話ですので確とは申しかねますが、かの地にもすでに歌の上手が住みついていたそうでございます。それはもう澄みきった青空に響き渡るようなこの世のものとは思えない美しい声であったと申しておりました。

けれどもわたしが思いますに、それも多分に男どもの都恋しさから出た大仰な言い分であったに違いありません。なんと言っても、あこ丸殿を始めとする都の遊女や傀儡女、白拍子《しらびょうし》の洗練された歌いぶりに匹敵する歌い手は東くんだりにはいないでありましょうから。わたしは使いの者に、旅の寂しさから東国の遊女が京の馴染みの歌い手に見えたのだろうと申してやりました。

が、芸熱心なあこ丸殿のことですから、ひなびた東国の歌いぶりに興味をお持ちになるかもしれませんね。これからいよいよ源氏の世の到来となるやもしれません。いつになく気持ちがわくわくといたしますのは義朝殿のことを思うからでありましょうか。

義朝殿が「今回の戦は長引いてな」などと言いながらひょっこりお顔を出されるような気が今だにするのでございます。

常磐殿の文を見てから東国の遊女の歌を聞いてみたくなったものですよ。けれども世はますますあわただしく、不穏でそれどころではありませんでしたからね。頼朝殿より少し遅れて木曽義仲殿が兵を挙げられ、しだいに北陸道に勢力を広げておいででした。

年が変わり、治承五年(一一八一)二月五日、清盛殿が熱病のためついにあの世へ逝かれたのでございました。「頼朝の首をわが墓の前に供えよ」という遺言を残されたということですが、平家の戦局はまったく好転しませんでしたよ。さらに大旱魃や大飢饉でわたしどもも歌うどころか、物乞いの世話でてんてこまい。

忘れもしませんよ、養和元年（一一八一）の大飢饉を。ひでりや大風、洪水がこれでもか、これでもかといわんばかりに押し寄せ、米も畑の作物も全滅になってしまったのですから。宿でも食料を得るのに難儀しましたよ。幸い山や湖に行けば飢えるということはありませんでしたけれどもね。それに長者さまは用心深いお方でありましたから、飢饉などの非常用のためにと密かに米を隠しもっていらっしゃったのです。長たる者はかくあるべきなのですね。

あの頃は客も少なく、退屈な日々でした。が、そこは歌の好き者ばかりの寄り集まり、誰が一番に始めたというわけではありませんが、気がつくとみながみな、ひもじさを忘れようと喉をふるわせているのでしたよ。

遊女や傀儡女のすべてがそうだとはいえませんが、後白河法皇さまがわたしども今様の歌い手を大切になされたのは、芸に対する共通する飽くことのない執念をお感じになったからかもしれませんな。わたしども鏡の宿の傀儡女は法皇さまの元ばかりでなく、貴族のお屋敷にも参りました。

萩も覚えておいででしょう。そなたより五つばかり年上の菊丸を。橘さまのお屋敷に上がり、愛らしい姫を産みましたよ。けれどもそなたの場合は義経殿のお子を生まなくてよかったと思っております。静様のような悲しい思いをさせたくありませんもの。あのお方がどれほど心を痛められ、最後には正気を失うまでになられたかはおいおい語って聞かせましょうほどに。

——あこ丸は文を置き、つと立ち上がると力強く歌い出した。

　この頃京《みやこ》に流行《はや》るもの、
　柳黛髪々《りゅうたいかみがみ》えせ鬘《かづら》
　しほゆき近江女《おうみめ》女冠者《おんなかじゃ》、
　長刀《なぎなた》持たぬ尼ぞなき、
（三六九）

——萩はあこ丸の気迫に圧倒されそうであった。ひとしきり舞い終えるとあこ丸は再び文箱の前に座った。

後白河法皇さまがお好きであられた歌が聞こえてくるようでございますよ。京は確かに混沌としておりました。が、それだけにわたしどもから見ると、平安の世に見られなかったもの狂おしいような活気がありましたからね。

得体のしれない人間がどこからともなく集まり、風に吹き寄せられる塵や芥のように掘っ立て小屋の一角や小路に住んでおりましたよ。僧侶や祢宜《ねぎ》、巫女や遊女、傀儡女、物売りの大原女《おおはらめ》やきこり、それに東国からのおのぼりさんもいるといったありさまでしたね。

京に行けばこの世のすべてのものをひととおり見ることができたのだから、そなたが鏡の宿を出たのもわかりますよ。このわたしもよく京へ出かけましたからね。京へ行くと生きている、という実感が得られたものです。以前のように貴い方々の顔色をうかがい舞うといった雰囲気は少しもありません。賤《いや》しい者もおのぼりさんもきこりもみながみな、わが世とばかりに辺りを闊歩《かっぽ》していましたよ。上の方々が戦に現《うつつ》をぬかしている間にね。平家も源氏もこのまま京からいなくなってしまえ、などと大声でわめいている下賤の者すらいたほどですから。

まゆずみで美しく眉を描き、さまざまな髪形に装い、そのうえ、鬘さえつけている者も出てきたのですよ。おもしろい世の中になってきたものだと思いました。尼さままでが雄々《おお》しく長刀を持つという時代も変われば変わったものですよ。京の町はほんに歌のとおりでした。
　そのころでしたか、わたしが静《しずか》という白拍子の名を耳にしたのは。なんでも白拍子の創始者は磯禅師といって、静というお方の母御であるとのことでした。萩は鏡の宿に戻るたびに静殿のうわさをしておりましたね。そなたがあまりに白拍子舞のことを話すものだから、それからまもなく宿のあやめが京へ出奔してしまったのでした。
　初めて静殿の舞を拝見した時、さすがのわたしも身震いしてしまいました。烏帽子水干《えぼしすいかん》に太刀を持った男装の舞い姿は凛として雄然でありながら妖艶でさえありましたからね。実に不思議な舞でした。わたしは見ているうちになんだか妙な気持ちになってきましたよ。胸の底をかきむしられるような、それでいて恍惚とした境地に引き込まれていくのですからね。舞を見た後、ぞくぞくとした気持ちが抜けませんでしたよ。わたしの負けん気がきっと仰天したのでしょうな。

――あこ丸はふうっと息をつき、遠くを見る目つきをした。

　そうそう清盛様がお亡くなりになってまもないころだったのでしょうかね。なにぶん、この齢でございますから記憶に多少のずれがあるかもしれませんな。日照りが百日続いたことがありました。そのとき、後白河さまが自らお出ましになり、百人の白拍子が舞を奉納したのですよ。黒い烏帽子に白い直垂《ひたたれ》と水干、真っ赤な袴を身につけ、腰に太刀といういでたちの白拍子たちの壮観な舞は想像を絶する見事なものでございました。

神も男装の美女の舞にお心を響《どよ》めかせられたのでありましょうな。その後、三日間大雨が降り続いたのでしたよ。法皇さまは「静の舞が神を感応《かんのう》ましましたのだ」と日本一の宣旨を静様に下されたのでした。

それを聞いたわたしはずいぶん落胆したものです。わたくしこそは亡き乙前殿のようにいつかは法皇さまより日本一の名をいただくのだと日々精進していましたからね。今思うとなんとまあ、身の程知らずのことよ、と我が身が恥ずかしくなりますな。が、功名心に逸《はや》っている間はまだまだ修業が足りないということです。

清盛様が亡くなられてからしばらく奇妙な情勢が続いておりましたな。飢饉が続き平家、頼朝軍、木曽軍のお三方の軍勢も動きがとれなくなっていましたよ。行く先どうなることやら、案じたとてわたしどもには成り行きを眺める以外に方法がありません。戦なんぞなんのその、ひたすら芸に熱中したものでした。

それからどのくらい経ったころでしたかね、常磐様から嘆きの文が届きましたのは……。

あこ丸殿、京はまるで地獄のようでございます。屍をかきわけて食物を手に入れようとする者、お坊さまですら背に腹はかえられないのでありましょうか、病者が息絶えたと思うや他の者に奪われまいと我先に病者の食べ残しをむさぼるというありさまなのです。

我が家の食料も底をつき、わずかばかりの家宝を売ってなんとか暮らしておりますが、都大路にあふれる乞食を見るにつけても明日は我が身と思わないではいられません。長成殿もよくしてくださいますが、わたしにはなにかと遠慮がございます。このまま京の都に地方から食料が入ってこなくなると貴族といえども手をこまねいているわけにはまいりません。かえではわたしがお仕えする限り、奥方さまに恥ずかしい思いはさせません、と申すのですが、苦労しているかえでを見るのも辛うございます。

義朝殿のお供をしておれば…と、またもせんない愚痴をこぼすばかりでございます。家宝を売ろうにも最近では買い手もありません。わたしも侍女と一緒に一度だけ物々交換についていったのでございますが、得体の知れない男が好色な目つきで一夜を共にするなら、米を与えると申すのです。たとえ餓死するようなことになったとしても二度とあんな場所に行くまいと、走り帰ってきました。

本当に都はどうなっていくのでありましょう。長成殿にお聞きしても、さあと頼りない返事をなさるだけでございます。長成殿にも上層の方々のお考えはわからないのでありましょう。宮中に出仕なさってはいるのですが、法皇さまをはじめ、高官の方々でさえ、途方にくれたお顔つきをなさっていたかと思うと昨日と正反対のことを申されたりするのだそうです。

京の惨状は前代未聞でございます。水のない池の魚のように口をあっぷあっぷさせていた人間が一片の食物を口にしたかと思うと見るまに倒れ、息絶えていくのです。そうした者は一人や二人ではございません。つぎつぎ、足の踏み場もないくらいに骸《むくろ》の山となっていくのです。死骸を片づけるものなど誰もおりませんから通りという通りは、臭気で息をすることもできないくらい悪臭がみなぎっております。これこそ、地獄でなければ何でありましょうか。生きながらに地獄を見ているようです。

さらに、燃料不足のため家を壊す者さえ出てきております。やむをえぬ用事で外出したときなどは侍女と手を取り合って逃げるように大路を走って帰るのですが、栄養失調であるのでしょう。先日は足がむくみ、走ることができなくなってしまいました。のろのろと怠惰な歩みのまま見るともなく通りがかりの焚火に目を移しますと、赤や金銀の箔のついている物が燃えているのでございます。不審に思い、足を止めて見ますと、なんと仏さまであったのです。

仏が暖を取るために燃やされている。背に腹は代えられないとはいえ、こんなことがあっていいのだろうか。これこそ世が末に近づいてきた証でなくて何であろうかと、わたしとかえではぶるぶる震えておりました。道々、わたしどもはそんな光景を何度となく見せつけられたのでした。

わたしとかえでは帰宅後きまって、どちらからともなく、あんなふうにして生き延びるくらいなら、このお屋敷で念仏を唱えながらあの世にいきましょうと申し合わせたのでありました。

それにしましてもこの世はこれからどのようになるのでありましょうか。どなたの世ともわからぬような時代に入ってからはや二年近くなろうとしています。こうなったら平家でも源氏でもどなたでもよい、早く平和な世にしていただきたいと願うばかりでございます。

常磐殿の文を読み、わたしは溜息ばかりついておりましたよ。わたしとて、どうすることもできません。どうかご無事で、とひたすら念仏を唱えるばかりでしたね。こんな世の中ではありましたが、奇特なお方もいらっしゃったのですよ。その方の名前は隆暁といって仁和寺のお坊さんでございました。死人の額に梵字《ぼんじ》の阿字《あじ》を書いて仏縁を結び、往生させようとなさったのです。お書きになった死者の頭は二ヶ月で合計四万二千三百もの数になったということでございます。

しかしながら、尊いご行為とはいえ、これとて生者の助けとはなりませんからね。わたしどももひもじい思いを歌や踊りで紛らわす毎日でしたよ。

あこ丸は深い溜息をつき、黙り込んだ。やがて厳かな表情をするとしめやかに歌い出した。

仏は常に在《いま》せども、
現《うつつ》ならぬぞあはれなる、
人の音せぬ暁《あかつき》に、
ほのかに夢に見え給ふ
（二六）

この歌はたいそう喜ばれました。歌を聞いた人々は少しでも生きる勇気を得たいと思ったのでしょうか。

このわたしは実を申しますと捨て子であったのですよ。鏡の宿から一里ばかり離れた東の山すその雪野寺の門前に捨てられていたのだそうです。おそらく今のように食うに困った者が捨てたのでありましょうな。

さて、寿永二年（一一八三）も大変な年でしたよ。その年の四月、美しく装った平家の十万の大軍がいよいよ木曽義仲を討つために北陸へ出兵となったのです。天災につぐ天災で食糧難ではありましたが、平家の方もこれ以上、木曽殿を放っておくことができなかったのでしょう。なんでも片道分の食料しか持参せず、あとの半分は村々から取り立てるのだというのです。

琵琶湖西岸の村々はそれはもう大変でした。沿道諸国から徴発することが許されたので、逢坂の関から始めて、朝廷へ納める年貢でも、片はしから徴発していったのだそうです。食料とみれば、あるいは何か役立つものとわかればたちまち徴発したということですから、村人たちはたまりかねて山や野に逃げ隠れ、大軍が通り過ぎるのを息を殺して待ったといいますよ。

四月といいましても北陸路はまだ雪もとけていませんからね。難儀に難儀を重ねて加賀と越中の国境の砺波山《となみやま》に向かったそうでありました。しかしながら、いったん負けがついてしまいますと、たとえ清盛殿が死ぬ間際に「頼朝の首をわが墓の前に供えよ」という遺言を残されたからといっても士気が高まるものではありません。木曽殿との戦いも平家方はさんざんでしたよ。平家軍を倶利伽羅峠《くりからとうげ》に誘いいれた木曽殿は夜を待って四方からおそいかかり、平家の大軍をつぎつぎ谷底へ落としていったということでした。

三　平家の都落ち

平家の都落ちのうわさを聞いてまもなく常磐殿から文をいただきました。巷では「いよいよ末法の世に入るのだ」とうわさしておりましたし、わたしどもも何やら興奮しておりましたよ。貴族のお屋敷には食料はなくても料紙は立派なものが保存されていたのでしょうな。

――あこ丸は料紙の手ざわりを楽しむふうに文を撫《な》でていたが、姿勢をただし読み始めた。

あこ丸殿、お元気でいらっしゃいますか。ついに平家の方々が都を西へと落ちて行かれたのです。わたしからすれば平家の都落ちは喜ぶべきことですのになぜか、そうした気持ちにはなれず、一門が落ちゆく姿を見てきたかえでの話を聞き、涙ばかり浮かべております。嬉しい気持ちになるどころか、平治の乱で破れた源氏一門、とりわけ義朝殿の悲しい最後を思い出すばかりでございます。これからあのときの源氏方に起きたと同じような悲しい出来事が今度は平家方に果てもなく起こっていくのかと思うと胸もふさがる境地でございます。

束の間の安らぎはあっても、この世に平和などというものはありえないものなのでしょうか。都は飢饉《ききん》で惨憺《さんたん》とし、さらに落ちていった平氏に焼かれて荒れに荒れておりますが、そんな中でも光を得た雑草がはびこるように次の勢力が力を奮っております。その一人が木曽殿であり、後白河法皇さまでいらっしゃいます。法皇さまびいきのあこ丸殿に法皇さまのことを悪く言えばおもしろくないでしょうが、あのお方は何と機に乗じるのが巧みなお方なのでしょう。

その点、木曽殿は源氏の肩を持つわけではございませんが、武骨な田舎者で貴族には評判がかんばしくありません。が、二言のない方のように思われます。巴御前という美しくて勇敢な妻をお持ちらしく、木曽殿の京での振る舞いを見聞きするにつけ、巴御前の行く末がわたしどもに重なるような気がしてなりません。

長成殿のお話によりますとどうやら、後白河さまは木曽殿と頼朝殿を争わせて互いに力を弱めさせようとしていらっしゃるようなのです。わたくしには頼朝殿がうまく立ち回られ、木曽殿が貧乏くじをひかれることが目に見えるようです。なぜか、木曽殿は義経と似た一途なところがあるように思えてなりません。杞憂とお笑いになるかもしれませんが、わたしは義経の行く末を木曽殿に重ねてしまうのでございます。

けれども頼朝殿は後白河法皇さまとよい勝負をなさるでしょう。あれほど今様にご執心の後白河さまですが、平家がいなくなるや、権力を我が手に取り戻そうとお思いになるのですからね。天皇家の性なのでしょうか。それとも覇者たりえたいという雄の本能のようなものが男というものにはあるのでしょうか。義朝殿にもそうしたところがございました。長成殿は官位の高い貴族ではありませんが、ときおり宮中のうわさをなさいます。平家が都を出た今、貴族の高官の方々は垂れていた尾をぴんと立てた犬のように宮中を闊歩なさっているそうです。木曽殿のことも田舎侍と馬鹿にし、貴族の政治を夢見ておられるようです。

こうした乱れた世であるだけに今後の義経の処し方が思われてなりません。あの子は今、頼朝殿の元にいるのでしょうか。鏡の宿にもし義経が泊まるようなことがあればくれぐれもよろしくお願いいたします。他の子供のことはともかくとして、なぜ、義経のことばかりがこれほど思われるのでありましょうか。因果なことでございます。

常磐殿の文を拝見しても、法皇さまのことはそれほど驚きはいたしませんでした。かつて後白河法皇さまは兄崇徳上皇さまを阿波の国へ追放なさった方でありますし、確かに政《まつりごと》となると人が変わったような冷酷な面をお見せになりましたから。

人間は百の鬼を心の中に棲まわせていると申します。後白河さまとて、今様を歌うあまりに声をお枯らしになるところを見ると人間であられることに間違いなく、神や仏ではございませんからね。権謀術策にたけた腹黒い性分も出てくれば、今様の師、乙前さまになされたような慈悲深い仏にもおなりなのでしょうよ。

常磐殿のご心配どおり、木曽殿討ち死にのうわさがわたしどもの宿にも伝わってきました。寿永三年（一一八四）の正月を過ぎたころだったでしょうかね。さすがのわたしもこのときは法皇さまのなさりようを悪どく思ったものでございましたよ。と申しますのは後白河法皇さまは木曽殿を平氏追討のため西国につかわしている間に、頼朝殿と交渉を持たれていたのだそうです。頼朝殿の力で荘園を復興させること、その見返りとして木曽殿の本拠地をも含む東国一帯の支配権を頼朝殿に与えるという条件であったそうです。

お気の毒なのは木曽殿でございますよ。平氏と戦っている間に無断で領地を取り上げなされたのですから。それに反して頼朝殿は戦わずして大きな権利を得られたのです。西国から帰った木曽殿は法皇さまに強く抗議なされたそうですが、時すでに遅しでありますよ。北陸道はなんとか取り戻すことになったようですが、領地を取り上げられたのではどうすることもできません。

実際、法皇さまのなされ方は政にうといわたしどもがみても木曽殿を挑発なされているとしか思えません。木曽殿が法皇さまの御所を襲うのをお待ちになっていたのかもしれませんな。そのうわさを耳にした時、やはり、と思ったものです。

頼朝殿もまたぬかりのない方でございますな。東国の年貢を朝廷に奉るという口実をつくって義経殿に五、六百騎の兵を与えて京へ出発させなさったのですから。木曽殿としても当然義経殿の入京を拒まなければ身があやうくなるでしょう。木曽殿は短慮を起こされ法皇さまのお住まい、法住寺殿を焼き、法皇さまを押し込めてしまわれたのでした。これこそ法皇さまにとっては願ってもないことですからね。待ってましたとばかりに義仲追討の院宣を頼朝殿に下されたのです。

このとき、頼朝殿の軍がすでに近江、伊賀、伊勢までやってきていました。ものものしい軍勢が通り過ぎて行くのをわたしどもは息を殺して戸板の端から覗き見していましたよ。義経殿をひと目見たくてね。義経殿を拝見すること叶わずがっかりしてしまったものですが、京へ入られたというだけで胸が躍る思いでした。

琵琶湖の南岸、粟津で討ち死になされた木曽殿のことを思うとお気の毒にもなりましたがね。いやいや、戦のことは思い出すまい。たとえ義経殿が手柄を立てられた戦いであっても人殺しには違いありませんからな。それから立て続けに常盤殿から文がまいりましたよ。梅のつぼみが添えてあったことを思いますと、さすがに母御、お喜びであったのでしょう。

あこ丸殿、お聞きくださいませ。この気持ちを誰かに伝えないではいられない気分でございます。長成さまの家の者には遠慮がございますので、かえでと二人で手を取り合って喜んでおりました。密かに義経が訪ねてまいったのでございますよ。色の白いのは昔のままでしたが、惚れぼれするような武者に成長しておりました。わたしが茫然と見つめ続けるものでございますから、義経は少々はにかんでおりました。鞍馬の寺に預けてからというもの、会っていないわけですから十四、五年ぶりの再会でしょうか。

人心地ついたわたしはそれでも何を話してよいかわからず、衣の上からあの子の身体をひたすら撫でていたのでございます。かえでが菓子と湯茶の用意をしてまいったとき、初めてわたしは傷はなかったかと一言申したのでした。義経も母と二人で向かいあっているときより、かえでが加わった方が心も口もほぐれていくようでした。

宇治川の合戦のこと、敵とはなったが、さすがに源氏の血を引いた木曽殿、その勇壮な戦いぶりをあっぱれと称賛しておりました。木曽殿の討伐に東国からやってきた義経ではありましたが、多勢に無勢の木曽殿にたぶんに同情的な気持ちを抱いているようでありました。そうしたところが九郎の良いところでもあり、わたしがあの子の行く末を心配する理由でもあるのです。武士にとって情深いというのは決して良いことではございません。

常磐殿のご心配もこのあこ丸にはようわかりました。戦はとどまることを知りません。

義仲殿の次は今度はどなたが矢面に立たされなさるのでしょう。木曽殿が京に入られてから一年も経たないのに世の情勢ははや、変わっておりますのですから。これを無常と言わずにおれましょうか。

――あこ丸のつぶやきはいつしか今様に変わっていた。

阿弥陀仏の誓願ぞ、
かへすがへすも頼もしき、
一度《ひとたび》御名《みな》を称《とな》ふれば、
仏に成るとぞ説い給ふ、

（二九）

――しだいに声を大きく、節回しをいくとおりか試みた後、あこ丸の節は定まったようであった。こうした法門歌の場合は戯歌《ざれうた》とはまた異なった響きを出さなければならないとあこ丸は考えていた。この法門の歌を京で披露した時のことは忘れることができませんね。あこ丸は夢見るように眼をつぶった。

「修業を重ねた僧侶でなくても一心に極楽往生を願って念仏を唱えさえすれば、あの世で救われるのでございますよ」。わたしはまずこんなふうに四方に響く大声で前口上を述べたのでしたよ。わたしが京の小路でこの歌を歌い始めるとあちらからもこちらからも人々が寄り集まってきて、いつのまにか坊さまの読経のような声が界隈に響き渡っているのです。

荒れ果てた街や死人の山を見つづけた京の人々が極楽往生を願うのは当然でありましょう。わたしの歌はたちまち京中に広まり、再び近江女、あこ丸の名を知らしめたのでありますよ。このわたしも歌いながら信心深い気持ちになっていったものです。誰でも心から念仏を唱えれば救われるというのですからね。

奇抜なことを歌う必要はないのですよ。今、世の人々がどんなことを思い、何を求めているかを考えていれば、自ずと歌が出来上がってくるのですから。けれども人はなかなか俗世を捨てることができないようでしたね。こんな歌が一方でははやっていましたよ。

尼はかくこそ候《さぶら》へど、
大安寺の一万法師《いちまんほうし》も伯父ぞかし、

甥もあり、
東大寺にも修学《しゅうがく》して子も持たり
雨気《あまけ》の候へば
物も着て参りけり

（三七七）

尼の身でありますからどんなみすぼらしい格好をしていてもよさそうなものですのに、妙に体裁ぶって今日は雨がふりそうだから普段着のままできたのですよと歌う尼。さらに、自慢が続くのでありますよ。わたしの伯父は大安寺の一万法師だとか、東大寺で勉強している秀才の甥がいるのですよとか。

そうそうこんな女は鏡の宿にもおりましたな。わたしの父御は京の某貴族だとか、また平家の某武士であるとか。わたしはそのたびにふん、と鼻で笑ってやりましたよ。けれども今思いますのに、人間という者はそれだけ自分を認めてもらいたい生きものなのでありましょうな。

わたしのように雪野寺に捨てられていた赤子は、天涯孤独が幼いときから染みついていましてね。頼る者は自分以外にはありません。と申しましても人は等しく死ぬ運命にありますからたいした相違はないのですがね。萩よ、そなたも神崎の遊女が歌っていた歌を覚えておりましょう。

われらは何して老いぬらん
思へばいとこそあはれなれ、
今は西方《さいほう》極楽の、
弥陀《みだ》の誓ひを念ずべし
（二三五）

初めてこの歌を耳にしたときは、自分とは無関係な歌だと思っていましたよ。それがまあ、先だって後白河法皇さまの死の報に接したとき、この歌が頭の中をしみじみと響き渡っていったのであります。法皇さまはこの歌をとりわけ好まれ、あまりにもたびたび歌われたために喉をこわされたくらいでした。
後白河さまこそ、お若いうちから世の無常を感じていらっしゃったお方かもしれませんねえ。けれども後白河法皇さまは「われらは何して老いぬらん」の問に、確かな答を出されたお方でございましたよ。法皇さまはいたるところの今様を集め、みずからお歌いになり、さらにそれらを『梁塵秘抄』として集大成なさったのでございますもの。しかも宮廷人には重んじられもしない今様をね。

考えてみますと政こそ、法皇さまにとってきまぐれな遊びであったのかもしれませんな。常盤殿が誰よりも愛された義朝殿も、その義朝殿を滅ぼした清盛殿もそして間近には木曽殿も亡き人となってみれば、どれほどの権力者であろうとも淀みに浮かぶうたかたにかわりはございません。法皇さまのみが、自らが生きた証を『梁塵秘抄』の中に残していらっしゃるのです。

なんとまあ、したり顔にものを申してしまったことでありましょう。これも末法の世の仕業と思ってくだされ。

木曽殿を滅ぼした頼朝殿に平氏追討の院宣が出されたのは申すまでもありません。常盤殿が確かこのころ、文をくださっていましたよ。これです、ありましたぞ。

あこ丸さま、子という存在はほんとうに遠くにいればいいるで、また近くにいればよけいに心配なものでございます。今後、平氏を追い込んでいく戦は熾烈《しれつ》をきわめていくでありましょう。九郎は自ら率先して頼朝殿の手足となって戦う決心のようでございます。すでに京では九郎の戦上手が評判になっております。世にもまれな戦の才があるとして貴族の間でももてはやされているとのことです。平氏にかわって世を治めるのは源義経殿だとまことしやかにいう者まであるのだそうです。このことは単なるうわさではなく長成殿も宮中で何人かの貴族からそう言われたとのことです。

長成殿はお人の良い方でいらっしゃいますからそうした称賛を実の息子のことのように喜び、これで長成殿の官位昇進はまちがいないと言われたと、得々としていられるのです。が、わたしは不安でなりません。戦で負ける心配よりも、人を信じやすいあの子が策謀家の頼朝殿と後白河さまを中心とする貴族の勢力に翻弄されはしまいかと。

同じ血を分けた者同士が戦うのは戦の常です。わたしは再びあのような悲しい思いをするために生き長らえたのではありません。愚かな母の勘ではありますが、今度は我が子がその舞台に上がる予感がするのです。

以前、あなたもわたしの杞憂だと安心させてくださいましたが、なんだか胸騒ぎがしてなりません。いらぬ心配をするのも齢を重ねてきたからでありましょうか。頼朝殿と骨肉の争いをするくらいなら、いっそのこと平氏と戦い討ち死にしてくれた方がましだなどと考えたりいたします。

元暦元年（一一八四）、西方の戦が始まろうとしている様子が、この宿にも伝わってまいりましたよ。東国なまりの人間の行き交いが頻繁になっていましたから、予想はしておりましたがね。

それにつきましても後白河法皇さまというお方はほんに大の遊び人でございますな。法皇さまは政という遊びを楽しんでいらっしゃるのです。のっぴきならない状態になることを承知で遊戯をされていたのですよ。

宿に泊まった東国の人間は総じて声高でしてね。

それによると二月、法皇さまにおびきだされた平氏が福原までやってきて清盛殿の法要を営んでいるというのです。この企ての中心はもちろん、後白河さまでいらっしゃいます。わたしには、どうじゃ、平氏の者どもがくるかどうか賭けようではないか、と楽しんでいられる法皇さまの欣喜雀躍《きんきじゃくやく》としたお顔が目に見えるようでありました。

清盛殿は平家にとっては神や仏といってもよい存在です。その法要とあらばなにはさておいても出かけねばなるまい、ということになったのでしょうな。清盛殿なら後白河法皇さまの下心を読み取られたでしょうが、そこは平治の乱以来、二十数年経っております。権勢の上にあぐらをかき、苦労を知らない平家の公達《きんだち》には人の心の裏の裏を見るというようなお方はおいでにならなかったのでありましょうな。

あのだるまのような眼をいっそうぎょろりとさせ、平家の阿呆ども、とののしり高笑いをなさっていらっしゃる法皇さまの声までが聞こえてくるようでありましたよ。

寿永三年（一一八四）、二月四日の夜でしたか、義経殿の軍が民家を焼きながら平氏追討に向かっているといううわさが伝わってまいりました。鏡の宿は連日、東国の人間で賑わっておりました。芸人や商人の風をした頼朝殿の間者《かんじゃ》も少なくありませんでしたね。

常磐殿とお出会いしたことを知らせてきたのは萩、そなたでしたかね。


——萩は静かにうなずいた。


思い出しましたぞ。偶然にも通りで常磐殿とかえで殿に出会ったのでしたね。そなたが京でもっぱらの評判の義経殿の戦いぶりをお褒《ほ》めすると、常磐殿が暗い顔をしておっしゃられたとか。

子の戦の手柄が素直に喜べないというのはわたしが元々、貴族や武門の出ではなく、しがない民の出であるからなのだろうか。そうならこんなわたしを母とした義経はかわいそうな子だと言わなければならない、と。

常磐殿は戦の報せに一喜一憂するうちに、お心を弱めていらっしゃったのでしょう。

一ノ谷の合戦の様子が街道に伝わってまいりましたのは、それからまもなくでしたね。

いやいや、戦のことはもう申すまい。常盤殿の悲しまれるお姿が目に見えるようであります。これでは供養にはなりませんからね。

あこ丸はその後、何度か義経殿の戦いぶりを口にしようとしてあわてて話を別の話題に向けるのだった。

四　懊《おう》悩《のう》

義経殿が一ノ谷の戦で華々しい勝利を収められたうわさがいまだ覚めやらぬころであったでしょうか。義経殿が平氏追討軍から外されたといううわさが伝わってきたとき、冷たいものが背筋を走っていきましたよ。

常盤殿のお耳にもうわさが届いていたようです。源氏の優勢が伝えられる今、以前ほど長成殿に遠慮はなくなったとはいえ、それでもこのわたしを心の憂さを晴らす唯一の友とお思いになっていたのでしょう。常盤殿のお心の内を表すような薄鈍色《うすにびいろ》の紙に文字をしたためお遣わしになったのでした。


あこ丸殿のお耳にもすでに九郎のうわさは届いていることでしょう。今回の平家追討軍から九郎が外されたのはなぜでございましょうか。あの子は戦の天分はあってもどうも世渡りが下手なようでございます。頼朝殿のご家来衆のある方々から疎《うと》まれているらしいのです。あの子の心の内はわたしが一番よく知っております。木曽殿討伐に京にまいった折、密《ひそ》かにわたしの元へ立ち寄ってくれましたが、涙を浮かべながら御兄、頼朝殿の手足となり、平家打倒に全力を尽くしたいと申していました。

あの時の九郎のきらきらとした目の輝きを忘れることができましょうか。九郎のどこに頼朝殿をないがしろにする気持ちがありましょうや。わたしは頼朝殿に対する言動にはくれぐれも慎むようにと言おうとして押し黙りました。九郎のひたすらな濁りのない眼を見つめているとそんなことを口にするわたしの方が恥ずかしくなってきたのです。あの子は頼朝殿を信頼しきっており、自分の生涯は頼朝殿のためにあると思っています。

それも父義朝殿への一途な思いから出たものでしょう。顔を知らぬ父への憧憬を九郎はそのまま頼朝殿に向けているのでございます。あの子にとって兄頼朝殿は父に匹敵するお方なのです。九郎の気持ちの中には父の敵《かたき》を取ること以外は何もありません。他の源氏の武者が一ノ谷の合戦の後、恩賞のことで頭がいっぱいであるのに対して、あの子の頭の中は平家討伐のことしかないのです。

それなのに討伐軍から外されるということはどういうことなのでしょう。九郎にとっては、耐えられない屈辱以外のなにものでもありません。いっそ一ノ谷で討ち死にしていたほうがましであったと思っているようでございます。

わたしにはあの子の気性が手に取るようにわかります。長成殿が耳にされたところによりますと、九郎は頼朝殿の側近の方にはあまり受けがよくないそうであります。高飛車な態度だとか、独断的であるとか、挙げ句の果ては頼朝殿に対抗しようとしているなどと、陰口をたたかれているようです。長成殿はわたしの顔色をうかがいながら、ためらいがちにそんなことを話されたのでした。

九郎が関東武士に今ひとつ好かれないのは、わたしに責任があるのです。頼朝殿には乳母であった比企《ひき》の尼というお方が、陰になり日向になって頼朝殿の伊豆での流人の生活を支えなされたと聞いております。が、九郎はわたしの手元を離れてからというもの荒法師の中で育ち、奥州に下ってからは藤原秀衡殿に大切にされたとはいえ、細やかな情に満たされたとは思えません。かしずかれるあまりに傲慢になった点もあるでしょう。九郎が礼儀というものを知らないのも哀れな境遇からきているように思え、ひいては教えることのできなかったわたしの責任であるのでございます。

目上の人に対する接し方だとか、人の心の機微を察知する心配りだとか、およそそうしたことにあの子は無頓着であるのです。ただ汚れのない素朴な点は、親馬鹿と笑われるかもしれませんが、九郎の美点でございます。けれども、九郎の純粋さも梶原殿のような方には、子供じみた人間としてしかうつらないのではありますまいか。

それに九郎には欲というものがございません。それがまた、恩賞にさとい鎌倉の武将には理解できないことなのかもしれません。損得抜きでひたすら戦う九郎は坂東武者《ばんどうむしゃ》には不気味であったようです。義経殿の働きには下心がある、とでも思われたのでありましょう。兄、頼朝殿をさしおいて源氏の大将になろうとする野心があるにちがいないと、梶原殿は邪推なされたに相違ありません。

しかしながら、貴族の間では九郎は大変、評判がよく、「まろも鼻が高い」とわたしを慰めるように長成殿はおっしゃるのでございます。

あの子は幼いころより人におもねるということをしない子供でした。そんな性分が向こう意気が強いとか、さすが源氏の御血筋など、と良きにつけ悪しきにつけ言われたものですが、そうではなく、九郎は人の思惑をあれこれ巡らすことができない人間なのです。義朝殿の御気性をそのまま受けたのでしょうか。

それに比べると頼朝殿は正反対の方のように思われます。流人という境遇も多少影響しているでしょうが、人にはやはりもって生まれた性格というものがあるようでございます。九郎は人を操り、政を治めていく型の人間ではありません。あの子は常にひたすら何かに向かっていなければ気がすまない性なのです。

わたしがあの子を寺に預けた理由の一つとして、寺ならあの子の気性が救われると思ったからでした。仏道修業こそ、ひたすらな思いがあってこそ、成就できるのであって、周囲に気を取られていては悟りも得られません。いつか大僧正《だいそうじょう》と言われるような立派な僧になって義朝殿の菩提を弔ってくれれば、と願ったのでしたが。

また、九郎の腹心の家来には浮浪人が多く、このことも嫌われる理由を作っているようです。けれども、人の心は言葉のうんぬんではかることはできません。わたしの元へも九郎の使いの元浮浪人が文を携えきたことがありますが、確かに礼を尽くした挨拶とはいえませんでしたが、真心がひしひしと伝わってくる温かい人たちでした。

思いまするに、九郎も家来同様、気の利いた言葉の言えない人間なのです。再会したときも、言葉足らずなのは幼少のころと少しも変わっておりませんでした。入京した際、わたしを訪ねてくれましたが、その折も庭先でただ突っ立っているのでございます。わたしは駆け寄ると同時に苦笑してしまいました。

元服をとうにすませた一人前の武者でございます。普通なら母御前、長らくご無沙汰をしておりました、とでも申しましょうものを、あの子はただ茫然と立っているのでございます。こうして思い悩んでおりますと、あの子の美点までが欠点になってしまっているのではないかと思えてなりません。

九郎は遅かれ早かれ、厄介な事件に出くわすような気がしてなりません。あこ丸殿がわたしにはときおりうらやましくなります。凡婦の繰り言を長々と綴ってしまいました。お許しください。九郎のことが気にかかり、落ち着かないのでございます。非力なわたしに九郎にしてやれることが少しでもあればと思うのですが、いっこうに良い知恵が浮かんでまいりません。

平家追討軍から外された九郎は今後どうなるのでしょうか。いっそのこと頼朝殿の元へまいり、九郎の忠誠心を証明しようと思ってはみるのですが、若い折に垣間見た頼朝殿の冷ややかなまなざしを思い出すとその気持ちも萎えてしまうのでございます。

それにわたしは今は長成殿の妻。あのお方は平家に気兼ねしつつ生きてきたお人ですが、その平家に官位を授けられ、領地も加増されたということで妙な義理も持っているお方なのです。そのことを考えますと、わたしの鎌倉行きは断念せざるをえないでしょう。


常磐殿にうらやましがられるほどの身ではありませんが、確かにこのあこ丸には意志の自由があります。京へ行きたいと思えば、いつでも修業に出かけられましたし、係累に煩わされることもありません。けれどもただ一つ、大変なこと、それは常磐殿と違って働かなければ食べていけないということですよ。そなたもそうでありましょう、萩よ。

幸い今様が食事よりも好きという人間ですから、働くことは少しも苦にはなりませんがね。この年ですが今もって宴席に出ることもありますよ。

あこ丸の表情には自信がみなぎり、虚ろな心中を埋めえないでいる萩は圧倒されそうであった。

長い文をいただいてから義経殿が再び平家追討軍にお加わりになる翌年（文治元年）の正月までに何通か、常磐殿から文をいただいたように覚えておりますが……。

――あこ丸はそう言って文箱を物色した。
ありましたぞ、これこれ。わたしの記憶も捨てたものではありませぬな。
あこ丸はにんまりとして次の文を見いだすと、読み始めた。

心配なのは上総介広常《かずさのすけひろつね》殿が謀殺なされた時も梶原景時殿がその黒幕であったということでございます。景時殿と九郎との不仲は貴族の間でも周知のことであるようです。後白河法皇さまや貴族の方々、京の町衆の評判の良さもすでに頼朝殿にはおもしろくないことでありましょう。

長成殿のお話では法皇さまの九郎に対するご執着は並々でなく、位の低い長成殿にさえ、「義経という男はあれは神の申し子じゃ。そなたは良き子を我が子としたものじゃ」と言われたそうなのです。直々にお声をかけられたことのない長成殿は得意満面となさっていました。

常盤殿の文を読みながら暗い気持ちになったものです。例のごとく法皇さまの悪い遊びが始まったのでございますよ。義経殿のことを愛しくお思いでありながら結局、法皇さまは義経殿をもてあそばれてしまうのだろう、とね。法皇さま得意の「こっこっこ」という含み笑いが、このあこ丸には聞こえてくるようでした。

あこ丸には政のことは理解できかねますが、検非違使《けびいし》が京を取り締まる長官のようなお役人であることくらいはわかります。京帰りの者の話によりますと、義経殿は宮廷をお守りする偉い長官、左衛門少尉という位と検非違使のお役目を命ぜられなさったそうでございます。

「さてさて、これで頼朝がどう出るか見ものじゃのう」。わたしには法皇さまのほくそ笑みが目に見えるようでございましたよ。

お気の毒なのは義経殿でございます。官位をお受けになるに際して鎌倉の頼朝殿の元へ何度も文をお遣わしになったそうですが、頼朝殿は一切無視であったということですからね。

官位をお授けになるのは法皇さまでございます。その宣旨《せんじ》を何人《なんぴと》とて拒否することができましょうか。義経殿が官位をお受けなさったのは当然でございますよね。萩もそう思いませぬか。

さらにその翌年、重ねて義経殿の昇格があったのでしたよ。「義経殿が従五位下に叙せられなさった、義経殿が大夫尉《たいふのじょう》におなりになった。判官さまじゃ。義経殿は判官さまじゃ」。京から鎌倉に上る商人が我が手柄話のようにわたしどもに自慢げに吹聴しておりました。宿に泊まった者の中で、義経殿のうわさを口にしない者はいませんでしたからね。宿の女たちは歌い、踊り、客たちと喜びはしゃいでおりましたが、わたしは複雑な気持ちだったですね。常盤殿はわたし以上に心配なされていたようです。

ところで、萩、そなたが義経殿のお屋敷にまいったのは判官になられる前でしたかね。

――萩は静かにうなずく。舞や歌の上手がお屋敷に招かれ、その中のきわだった数名がそのまま館に住むことになったのだった。

義経殿が六条の堀川館にお住みになるようになってから、常盤殿のご心配は増えたようでしたね。

――あこ丸は深く息をつき、表情を曇らせた。

あこ丸殿、今の九郎を思うわたしの気持ちは以前に比べようもございません。京では九郎のことを判官殿、判官殿といって下にも置かぬもてはやしようですが、評判が良くなればなるほどわたしの気持ちは沈んでいくのでございます。長成殿は宮中での九郎の評判を報告するのがわたしへの礼儀であり、わたしが喜ぶと信じきっていらっしゃるのです。そのお話はおやめくださいとも申せず、我慢しきれず顔を曇らせでもしようものなら、どこか身体の具合でも悪いのかと心配なさる始末でございます。

「従五位といえば昇殿を許される殿上人《てんじょうびと》じゃ。まろが願ってもできなかったことを義経殿はやすやすと実現なされたのじゃ。そなたも嬉しかろうがまろも鼻が高いぞ」。長成殿はそう言われ、義経の参内《さんだい》のときの様子を話されるのでした。

公家のように牛車、しかも八葉《はちよう》の車という車体に華麗な八葉の門をつけた車に乗って宮中に出向いているというのです。この車は宮廷の最高官が乗る車であるそうですが、その車に乗り、行列を従えた光景はそれは華々しく高貴なものであったと長成殿は感に耐えぬふうにおっしゃるのでした。

義経は後白河法皇さまに礼節を尽くすつもりで、あの子なりに考え、そのような華美な一行に仕立てて行ったのでございましょう。もちろん、貴族の方々も義経の気持ちをくみ、誉めそやしていたそうでございます。それも法皇さまをお慕いするあの子の純粋な性分の致すところなのです。

今でこそ、気心の知れた腹心の郎党があの子の周囲におりますが、幼い頃より、九郎は誰かにひたむきに尽くされるということがない育ちでした。ですから、一途な性分のあの子はなんとかして法皇さまのご恩に報いなければならないと思っているのでありましょう。わたしには痛いほどあの子の気持ちがわかるのです。九郎は子犬のように無邪気でありながら、主人には自分にできうる最高のやり方で応えなければならないという成犬の忠義を備えているのです。愛に飢えて育ったことがあの子をそうした性分に作り上げてしまったのかもしれません。

九郎は自分の行いが鎌倉殿に疎まれるなど夢にも思っていないのです。

常磐殿の文と入れ替わるように鎌倉に商いに出かけていた者が帰路、宿に寄って話していきましたよ。「判官殿の京での評判の良さを話そうものなら宿の女が口元に指を当て、しゃべるなというしぐさをするのです。これも頼朝殿を恐れてのことでありますな。なんでもこの度の昇官がまたまた頼朝殿の機嫌をそこねているらしい。京と鎌倉とはいずれ戦になるかもしれませんぞ。さすればこの街道筋でもたくさんの軍馬や食料を徴用されるに違いない」

この者の申すことは嘘言とは思えませんでしたよ。

――あこ丸はそう言いながら次の文を読み出した。

あこ丸殿、わたしはどうすればよいのでしょうか。頼朝殿のなさることはあまりにもひどい。あの方は人の子ではありません。坂東武者は鬼です。平家の御方々にはまだ情というものがございました。確かにわたしは一時、清盛殿を恨みはしましたが、あのお方は義母、池ノ禅師殿の懇望をお聞きになり、心ならずも頼朝殿をお助けになりましたし、このわたしにも長成殿に嫁がせ、平穏な暮らしを与えてくださいました。それがどうです。腹違いではあっても頼朝殿と九郎とは義朝殿の血を分けた兄弟ではございませんか。頼朝殿はその弟を悪し様に言い、しかも、九郎が何度鎌倉へ申し開きの使いをつかわしても、なしのつぶてというではありませんか。そのくせ、勝手に官位を受けたということで頼朝殿から仰せつかっていた任を解き、鎌倉軍からも義経を追放なさったということです。これを黙って見ていることができましょうか。わたしはもう気が狂いそうでございます。

あの子はかわいそうに近ごろ、やけになっているそうです。法皇さまに義理を尽くそうと毎日牛車に乗って院へ参内しているようですが、堀川の屋敷へ戻ると京中の白拍子を呼び集め、酒色《しゅしょく》にふけっているそうなのです。こうしたことはすでに鎌倉方に知れていることでしょう。案じて遣わしたわたしの文には見向きもしないそうですし、行状を改めようともしないのです。
このままですと、頼朝殿のしかけた蟻地獄にあの子はますますはまっていきます。わたしは鎌倉へ直訴に行くべきでしょうか。かえでに命じて旅支度を整えさせてはいるのですが、後に残った二人の子供のことを考えると、またしても旅装束を解いてしまうのです。それに頼朝殿は恐らくわたしなどには会ってくださらないでしょう。梶原殿や大江殿というとりわけ九郎のことをよく思っていない方々に追い返されるのがおちでしょう。
あなたさまと違い、わたしのこうした優柔不断なところがすべて、我が人生を不本意にしてきたように思います。わたしはこの手で人生の櫂《かじ》を漕ぐのでなく、成り行きにまかせて生きていくことしかできない女なのでしょうか。

——黙って聞いていた萩がにわかに啜《すす》り泣きを始めた。

辛いことを思い出させてしまいましたね。萩、そなたはわたしの部屋で休んでいなされ。常盤殿の文はますますそなたを悲しみに誘うでしょうから。

——萩は首を振り、その場を動こうとしない。しばらく思案していたあこ丸はぽんと手を打つと、それなら少し話題を変えてあの方のことを話しましょうぞ、と目を輝かせて言うのだった。

実はこのあこ丸、おそまきながら人を恋することを知ったのですよ。

——あこ丸はいたずらっぽく萩を一瞥し、反応をうかがった。

相手のお方は聖と言われたお坊さまであります。京の三条河原の朋輩《ほうばい》の小屋に滞在していたとき、運悪く流行の熱病にかかってしまいましてね。熱が何日も下がらず、うわごとばかり言っていたのです。そんな折、お坊さまが通りかかられ、念仏を唱え、薬まで下されたのです。

不思議なことにお坊さまが去られて半刻ほどして、わたしの熱は嘘のように下がったのでした。朋輩の申しますにはお坊さまの呪文に唱和するようにわたしが今様を口ずさんでいたというのです。

当のわたしは何も覚えておりませんがね。鏡の宿に戻ったわたしはひと月あまり後、東のお山の麓にある雪野寺にお礼参りに出かけました。ひたすらお祈りした後、後を向くと少し離れたところでみすぼらしい袈裟《けさ》をまとった坊さまがわたしを見つめていらっしゃるのです。

わたしも懐かしいものを見つめるように僧の顔を見つづけておりましたよ。坊さまが「そなたは」と一言申された時、京の三条河原での出来事が幻のように甦《よみがえ》ってきたのです。

以来、お坊さまは街道筋を通られるときはいつも鏡の宿を覗いてくださるようになりました。口になされたわけではありませんが、察するにさる大寺がもはや修業の場でないと見切りをつけ、所々を修業のために巡っていらっしゃる聖僧のようでした。お名前も仰せにならず、ただ、聖と読んでくれと言われるものですから、わたしは勝手に雪聖さまとお呼びするようになっていましたよ。

そのわけは雪野寺で再会したということもありますが、聖のお顔が雪のように白く、汚れのない清らかさにあふれていらっしゃったからです。

わたしは生き仏さまにお出会いしたのだと思いましたよ。いつしか秘かに雪聖さまがおいでになるのを待つようになっておりました。宿の誰もわたしの秘密を知りません。そんなことも愉快でしたよ。雪聖さまはわたしの歌う今様の中でもとりわけこの歌がお好きでありました。

遊びをせんとや生《う》まれけむ
戯《たわぶ》れせんとや生《む》まれけん
遊ぶ子供の声聞けば
わが身さえこそゆるがるれ
（三五九）

二人で何度も歌いましたよ。ところが聖さまの歌いぶりはどうしても経のようになってしまうのです。

――あこ丸は思い出し笑いでもするふうにころころと笑うのだった。萩も誘われ微笑《ほほえ》んでいる。

歌を歌っていると自然と手足が動いていきましたよ。聖さまもわたしのするとおりになさいます。歌は経のようでも聖さまの動作の身軽なこと、ほれ、こう、こんなふうにね。

——あこ丸は幻の聖と踊っているかのように立ち上がり、手足を動かすのだった。

さて雪聖さまのことは後ほどにして、常磐殿の供養を先にしてもよろしいかな。するべきことをしてしまわないと気になりましてな。齢を重ねたせいかもしれませんね。

——あこ丸は萩を一瞥《いちべつ》すると咳払いをして、再び常磐殿の文を手に取った。

あこ丸殿、頼朝殿の怒りはまだとけないようでございます。九郎は相変わらず堀川の屋敷に白拍子をたくさん集め、憂さを晴らしているようですが、どうやらその中でも静という白拍子が気に入っているとみえます。あこ丸殿もご存じかもしれませんが、静殿の母御は白拍子の創始者であるとか、かえでが申しておりました。白拍子の舞から何かを得ようとしていらっしゃるあなたさまのお役に立てることがありましたら、いつでも申してください。かえでを堀川屋敷に参らせますので。

実はわたしも静と申す白拍子がどのような女人であるか知りたいのです。九郎は今だに正室をもっておりませんし、女人のうわさ話は少なからずあるようですが、かえでの申すところによると義経の静という女人への傾倒ぶりは並々でないということです。あの子は悲しいかな愛に飢えた子でございます。

それゆえ、静殿への愛が誠であり、また静殿も心から九郎を好いてくれているのならわたしも祝福してやりたいと思っております。あの子が苦況に立たされているときだけに静殿の存在は大きく、九郎の短慮も緩和されるのではないかと期待している次第でございます。

文を拝見し、わたしは義経殿が妻女をお持ちになるというのは良いことだと思いましたね。たとえ弁慶殿であっても心の弱った主人を心底お慰めすることはできないでしょう。女人の細やかな心遣いこそ、義経殿に目に見えぬ力を与えるものですよ。静という方は立派な女人なのだと思いましたね。そのころ、母御の磯禅師《いそのぜんじ》殿とはまだ親しい間柄ではありませんでしたがね、踊りもさることながら、きりっとした目鼻だちの、それでいてどこか観音のような心根をお持ちの方と見受けましたよ。

歌い手や踊り手の中には上手な者ほど馴々《なれなれ》しさが出てくるものですが、磯禅師殿の舞は違っておりましたね。一瞬の緊張の美が一つ一つの舞に見られましたよ。武将たちが好むのはこれだと思ったものです。烏帽子水干に大刀を持つという男の装いで舞う姿は、戦場を命とする武将たちの好みにも合っていたのでありましょうね。このわたしですら、大刀を振り回す麗しい女人の舞を見ていると気持ちが高ぶり、この世があらぬ世になっていく不思議な情に陥っていったものです。

——あこ丸は袖を目に当てる萩のしぐさに気づいたのか、言葉を止めた。ほんの一時、思案顔をしていたが、二、三度瞬きすると陽気な声を響かせた。

さて、わたしが雪聖さまの後を密かに追って鏡の宿を出奔したのはこの文をいただいてからまもなくでありましたよ。四十の齢を過ぎたわたしの体内の炎が、喜びを知らずに生を終わらせることを哀れに思い、残り火を燃え立たせたのでしょうね。宿の者はわたしが修業に出かけたと思っていたでしょうよ。

——あこ丸は山姥《やまんば》のように「ひひ」と笑った。

野を越え、山を越え、川を渡りひたすら菅笠と鈍色の衣を目印に気づかれぬようついていったのです。野宿をし、橋のない川を腰まで水につかりながら渡りもしました。途中、どの村々を通ったのやら何も覚えておりません。草鞋《わらじ》が一日で役立たずとなったこととか、乾飯《ほしい》を山の清水でやわらかくして食べたことしか頭にないのですよ。

幸い暑い折でしたから野宿は少しも苦にならず、数町先に同じように雪聖さまが野に伏していらっしゃると思うと、胸の辺りが苦しくなるほど動悸したものです。そんなときはきらめく夜空の星を心ゆくまで見つめましたよ。そうすると彦星と織姫ではありませんが、薄く広がった天の川に雪聖さまとわたしの姿がほんのりと影になって見えるような気がするのです。

思わず雪聖さま、と声を上げてしまったくらいですよ。一つ向こうの曲がりの辺りに野宿していられるだろう聖さまには聞こえるはずもないのですが、はっとして口元に我が手をあてがったのでした。ここまで慕ってきながら自制の心が働いてしまうのは、我ながらもどかしくもありましたがね。

ところが山が幾重にもおりなし、道が忽然《こつぜん》と消えてしまった行き止まりまで来たとき、わたしは聖さまを見失ってしまったのです。どう考えても元来た道を引き返す以外に方法がなくてね、途方にくれていつまでも立ち尽くしていました。そのうち雲行きが怪しくなり、雷とともに大雨が降り出してきましてね。汗と埃にまみれたわたしの衣はまたたくまにずぶ濡れになり、それでもわたしは案山子《かかし》のように立っていたのでした。

なぜか雨宿りの場を探そうとする気持ちにはなれませんでしたね。あの雹《ひょう》のような大粒の雨がわたしの体を激しく打ち叩くのをむしろ喜び、恍惚としていました。恐らくあのまま雨に打たれっぱなしであったなら今ごろあの世に旅立っていたかもしれませんね。激しく身体を打つ雨粒にわたしは甘美な情さえ抱き、体の芯から沸き立ってくるなにものかに身も心も奪われていたのです。

そんなわたしを何者かが宙を飛ぶようにさらっていったのでしたよ。天狗か何か……。一瞬の思いもたちまちかすみ、気がつくと暗い闇の中におりました。雨滴は消え、かたわらには身体を温めるように誰かが寄り添っていたのです。そのお方は願うまでもなく雪聖さまでありました。わたしは聖さまによって大きな大木の洞に運ばれていたのです。

声を上げるより先にわたしは聖さまに身を寄せていました。聖さまの匂いが心地良くわたしの深部をくすぐっていきます。ひたすら雪聖さまを追い求めてきたのは、あのお方とのめくるめくような逢瀬《おうせ》を持ちたかったからにほかならない。そのことに気づいたわたしは衣を放り、すべてを忘れ身も心も聖さまのもとへ投げ出したのでした。

聖さまのとくとくという胸音がわたしの響きと重なり、いずれがいずれの音やらわからなくなっていきました。わたしたちは時しれず夢の境地をさまよっていたのです。わたしは感涙にむせび、聖さまに感謝いたしました。聖さまは経を唱えながら、なおも深くわたしを包んでくださったのでした。

常に恋するは
空には織女《たなばた》　夜這星《よばいぼし》
野辺には山鳥
秋は鹿
流れの君達《きうだち》　冬は鴛鴦《をし》

（三三四）

――あこ丸は目を細め、朗々と声をふるわせた。何度も繰り返し、ゆっくり手足を動かす舞い姿はろうたけた鶴のようであった。

恋というものから縁遠かったわたしは、いつしか常に恋する者たちになっていたのですよ。求婚される織女に、また山鳥や鹿やおしどりにね。

これが本当の法楽というものかもしれない。わたしはそう思いましたよ。激しい雨風が夜半ころまで続き、わたしと聖さまは狭い洞の中で一体の仏のようになって一夜を過ごしたのでありました。明け方、いつのまにやらうとうとしていたのでしょう。目覚めるとわたしは一人、洞の中にいたのでしたよ。

夢を見ていたのではあるまいかと、おぼろな頭の中を行きつ戻りつしておりました。その時、わたしの匂いとは思えない香がふっと鼻をかすめたのです。夢ではない。雪聖さまとの一夜の契りの残り香に違いない。わたしは狂ほしくて死んでしまいそうでした。けれどもわたしは、雪聖さまをこれ以上追おうとは思いませんでしたね。木の間から朝の光が輪舞を始めたころには、わたしは澄明《ちょうめい》な静まりの中にいました。敬虔な悟りを得たような心境でしたね。それからわたしは菩薩になった心境で鏡の宿をめざしたのです。

後に考えてみますと、どうやら高野の麓まで出向いていたようです。宿の者によると、帰りついたわたしは全身が埃にまみれ、乞食と見まがうばかりであったそうですよ。が、なぜか顔から後光が射しているように見えたそうです。

――あこ丸はひとしきり話すと目を細めて「ほっほ」と笑い、萩に言うのだった。

萩、そなたはまだ若い。十分心身の休養をして新しい門出をなされ。

――萩はゆっくりうなずき笑み返した。あこ丸はその様子を見ながら再び文を手にした。

あこ丸殿、九郎の正室が決まるのは喜ぶべきことなのでしょうが、わたしは少しも嬉しくありません。頼朝殿の魂胆は見えすいております。なんでもそのお方は頼朝殿の乳母、比企ノ尼の孫に当たる娘御で、父は河越重頼殿ということでございます。比企ノ尼は頼朝殿に忠義を尽くしたお方、その血筋の娘御といえば、九郎にとってどういう立場に立つお方か、おのずとおわかりでしょう。有り難く思えという方が無理というものでございます。

この件に関して九郎にどう言い含めたらよいものやら頭を痛めております。気の立っている九郎のことですから、ささいなことで立腹し、妻となる郷御前《さとごぜん》とやらを切りつけないとも限りません。あるいは逆に郷御前は頼朝殿から義経の命を断つよう命ぜられてまいったのかもしれないのです。

母らしいことを何一つしてやれなかったわたしは、あの子が苦況に立つ今こそ何かをしてやりたいのですが、何もしえないでいるのです。

何と申し上げてよいものやら良い知恵も浮かばず、返書も送らないでいると再び、常盤殿から次の文がまいったのでしたよ。

あこ丸殿、かえでがそれとなく探ったところによりますと、静殿は光輝くような女人であるとのことでございます。そればかりか、心ばえもよく女のかえでもほれぼれするお方であったそうです。それにやはり磯禅師殿の娘御、その血を引いているのでございましょう。優しいばかりでなく凛とした気性もお持ちであるとか。堀川館にかえでと懇意にしている侍女がいるそうですが、その者の話によると、物売りに変装した女を鎌倉方の間者と見破り、舞に使う大刀で追い払ったということです。

そのもの売りをなぜ怪しく思ったかと申しますと、坂東なまりがかすかに感じられたというのです。白拍子として坂東武者の宿にも出かけたことがあったのでその折、耳にしていたようです。

わたしはこれ以上九郎の立場が悪くならないようにと身の処し方について再度したため、かえでに文を持たせたのですが、それを見た九郎は「母上の指図は受けぬ」と激怒したそうでございます。範頼殿が討伐軍として西国に立たれた直後でありましたので、よほど気が立っていたのでしょう。

九郎は落ち着きのない犬のように屋敷の内を歩き回っていたそうです。九郎の大声を聞きつけ、静殿がお見えになり、かえでがわたしの侍女と知るや、座して頭を下げ、九郎にも謝るよう申したそうです。初めて静殿と対面したかえではお声はむろん、お心も大変涼やかな方だと確信したそうでございます。

郵　便　は　が　き

お手数ながら切手をお貼り下さい

5 2 2-0 0 0 4

滋賀県彦根市鳥居本町655-1

サンライズ出版 行

〒

■ご住所

■お名前《ふりがな》　　■年齢　　歳　男・女

■お電話　　■ご職業

■自費出版資料を　　希望する ・ 希望しない

■図書目録の送付を　　希望する ・ 希望しない

サンライズ出版では、お客様のご了解を得た上で、ご記入いただいた個人情報を、今後の出版企画の参考にさせていただくとともに、愛読者名簿に登録させていただいております。名簿は、当社の刊行物、企画、催しなどのご案内のために利用し、その他の目的では一切利用いたしません（上記業務の一部を外部に委託する場合があります）。

【個人情報の取り扱いおよび開示等に関するお問い合わせ先】
サンライズ出版 編集部　TEL.0749-22-0627

■愛読者名簿に登録してよろしいですか。　□はい　□いいえ

ご記入がないものは「いいえ」として扱わせていただきます。

愛読者カード

ご購読ありがとうございました。今後の出版企画の参考にさせていただきますので、ぜひご意見をお聞かせください。なお、お答えいただきましたデータは出版企画の資料以外には使用いたしません。

●書名

●お買い求めの書店名（所在地）

●本書をお求めになった動機に○印をお付けください。

1．書店でみて　2．広告をみて（新聞・雑誌名　　　　　　　　　　）

3．書評をみて（新聞・雑誌名　　　　　　　　　　）

4．新刊案内をみて　5．当社ホームページをみて

6．その他（　　　　　　　　　　）

●本書についてのご意見・ご感想

購入申込書

小社へ直接ご注文の際ご利用ください。
お買上 2,000 円以上は送料無料です。

書名　　　　　　　　　　（　　　　冊）

書名　　　　　　　　　　（　　　　冊）

書名　　　　　　　　　　（　　　　冊）

かえでは不機嫌な九郎に対して、「常磐さまがあなた方お子たちをお助けになるために、こころならずも清盛殿の側女となられ、あげくの果ては長成殿に押しつけられた境涯を義経殿はどのようにお思いなのか」と難詰《なんきつ》しますと、さすがに唇をかみしめ、悲しそうな目つきで遠くを見つめていたそうです。

わたしは九郎に郷御前を迎えるに当たっての心がまえを文にしたためたのでございます。あれこれ考えた末、結局、郷御前がどのような女人であれ、大切に扱うよう申したのでした。たとえ、あのお方が頼朝殿より九郎の命を取ることを申しつけられていたとしても、女という者は主人たる者の愛が誠であれば、逆に心変わりしていくものだと。

あこ丸殿はいかがお思いですか。わたしは清盛殿に心を開くことをいたしませんでした。ですから女人などには不自由のないあのお方はしだいにわたしを煩わしくお思いになり、その処置に困って長成殿に押しつけられたのです。

ともあれ、九郎は夢夢《ゆめゆめ》、郷御前をおろそかにすべきではないこと。聞くところによると静殿も賢いお方のようですから郷御前とうまくやっていかれるでしょう。そなたのこころがけ一つで運命が開けもし、閉じられもするのだと、くどくどと書き連ねたものですからあの子が立腹するのも無理からぬことであったかもしれません。

誠の愛は何よりも強い、そういいかけてあこ丸は口ごもった。萩の義経殿への愛も誠の愛であったに違いない。あまたの妻妾の中で義経殿の萩への愛は十分の一にも満たないものであっただろう。が、萩の人生にとって義経殿との出会いはすべてをかけたといっても言い過ぎではなかった。現に萩は心の痛手から未だ立ち上がれないでいるのだから。

それからまもなく六条堀川館に仰々しい鎌倉からの花嫁の一行が到着したということでした。騎馬武者を先頭に、男女三十数人が行列の真ん中の花嫁を守るようにしていたそうであります。

おそらく数ある侍女の中には頼朝殿の間者もいたでしょう。が、常盤殿の申されるとおり、女には大義も何も不用でございます。命をかけるとすれば誠の愛だけでございます。義経殿が短慮を起こされず、郷御前とやらを大切になされるよう常盤殿同様、わたしもお祈りしたのでありましたよ。

今様以外に見向きもしなかったわたしが、しだいに人様のことを思うようになったのも雪聖さまとの出会いがあったこそでありましょう。

だからといって、わたしは今様をおろそかにしたわけではございません。むしろ常に負けてはならないと思い込んでいた一途なかたくなさがほぐれ、おおらかな遊びの心が生じてきたように思えました。歌も舞も伸びやかに自在になったあこ丸は新境地を切り開いたと、その道の者たちから言われもしましたからね。

そうそうこのころの後白河法皇さまでございますがね、右手に今様を、左手に義経殿を置かれ、範頼殿と平家との戦いぶり、その戦ぶりにいらいらする頼朝殿を眺めては楽しんでいらっしゃったようでございます。

この年も終わりに近づいたころでしたかね、常磐殿から喜ばしい文が届きましたのは。あれあれどこへいったのでしょうな。見当たりませんよ。短いものでしたが、文には義経殿が郷御前を大切に扱っているといったことが書かれていたように思うのですが。義経殿はあまたの妻妾の一人一人に心を尽くしておられたのですね。そのことは萩の方がよく存じているでしょうよ。


――萩は弱々しい笑みを浮かべうなずいている。


それをある者は色狂いだなどと吹聴しているようですが、あのお方は母御前のご意見を大切にしていられるのですよ。

六条の堀川館はこともなく過ぎているということでしたが、義経殿の鬱屈は晴れるものではなかったでしょう。あの白い清らかなお顔を苦渋で歪ませ、寒空を睨みつけていられることが多かったといいますよ。静殿や郷御前をさしおいてお側にまいることもできず、歌や舞で義経殿をお慰めしているといった旨をしたためてわたしの元へよこしたのは萩、そなたでしたかね。

――萩はうなずく。

そなたからの文もどこかへいってしまったようですね。けれどもこうして会うことができたのだからこんな嬉しいことはありませんよ。静殿と同じようにどこかへ消えてしまったのかもしれないと、一時あきらめていましたから。

このころ、西国から鎌倉へたびたび使者が遣わされていたのでしょうな。早馬が真夜中、ひずめの音高く、街道筋を走り去って行くのをしばしば耳にしましたからね。戦局ははかばかしくない様子で、鎌倉から下ってきた商人たちは今、鎌倉では評定《ひょうじょう》の最中であるらしいなどとと申しておりましたよ。

「範頼殿はあまりにも愚鈍すぎる。鎌倉方でもあのお方を大将になされたことについては異論を持つ武将がいるらしい。範頼殿の補佐役として侍所別当の和田義盛殿がつきなされたというが、戦において大将に才があるかどうかは重大事。それをまあ、義経殿でなく範頼殿とは。巷でうわさをしているようにやはり頼朝殿は義経殿の名声が憎らしいのでありますかな。それがまことなら源氏の統領として器の小さいお人ではありますまいか。たとえ、源氏の世になっても長くは続きますまい」

酒が入るにつれ、商人たちの口は恐れを知らず、鎌倉の武者たちの悪口を募らせていくのでしたよ。「質実剛健もいいかもしれないが、あちらの武将の風雅も何もない田舎じみたことよ。奥方なども京辺りのどこぞの侍女かと間違われるような衣をまとい、言葉もひなびて、あれでは坂東武者には京の女人が天女のように見えるのが道理でございますよ。着る物も満足に奥方に与えていないのでありますからな。わたしなどが、京の美しい衣をもってお屋敷に伺おうものなら、山中から盗賊がやってきたとでも言わんばかりに主人が睨みつけるのでありますよ。もっとも奥方たちは密かにわたしどもをお呼びになるので主人と出会うことはめったにありませんがね」

わたしは商人たちの話を聞き、嘘ではないと思ったものです。と申しますのは郷御前が鎌倉からまいられたとき、確かに行列はものものしく華やかであったそうですが、御前の衣装はたいそうひなびた質素なものであったということですからね。

五　義経再び平家討伐軍へ

頼朝殿もよほど戦の成り行きを憂慮されたとみえますな。翌年、正月とうとう我慢ならなくなったとみえ、義経殿を追討軍に再度お加えになったのでしたよ。常磐殿は早速、文をくださいました。

あこ丸殿、あなたの街道筋にも今回、九郎が追討軍に再び任ぜられたことが伝わっていることでしょう。頼朝殿はいったいどういう料簡《りょうけん》なのでしょうか。九郎は感涙にむせび、兄上はやはりわたしをお忘れではなかったと狂喜したとのことです。が、わたしはあのお方を信頼することができません。九郎の今回の登用はお許しが出たのではなく、戦場で討ち死にせよ、と申しつけなさったようにわたしには思えるのです。

九郎は、御身は兄上に捧げるといって出かけたそうですが、わたしにはあの子の心情が愛うしくてなりません。頼朝殿が伊豆へ流されなさったとき、あの子はほんの赤子。兄弟といっても十六も年が離れていますれば、頼朝殿を父のように慕う気持ちが生じてきますのも道理でしょう。

あのお方はどうして九郎の子供じみたまでの情をお汲み取りにならないのでしょうか。今回も九郎の気持ちを理解してのこととは思えません。長成殿によりますと頼朝殿と九郎の仲を阻んでいるのは名立たる御家来衆に原因しているところが大きいとのことです。

九郎が無事帰参したときのことをわたしは今から心配しております。あの子は今度こそ、命を狙われるでありましょう。神さま、仏さま、お助けください。清盛殿に九郎たちの命乞いをしたのはどのような意味があったのでしょう。あこ丸殿、お助けください。九郎のことを思うとわたしの心は千々に乱れます。いっそ仏の道に入ろうかとそのことばかりを考えております。

あのとき、常磐殿にどんな返りの文をことづけたのか忘れてしまいましたよ。はかばかしい言葉など見いだせるわけもなく、ありきたりの慰みを連ねて持たしたに相違ありません。今、思いまするに、常磐殿のご心配は的中し、再び追討軍に加えられた義経殿は屋島や壇ノ浦で見事な勝利を収められたにもかかわらず、その後のありさまは悲惨極まることになりましたからね。

生まれというものはほんに殺生なものでございますな。戦の嫌いな者でも武家に生まれれば否が応でも刀を持たねばなりません。わたしは近ごろ、雪聖さまはもしかすると武家のお生まれではなかったかと思うようになりました。

と申しますのは、聖さまの右手の親指が固く瘤のようになっているのをいつか見たことがあるのです。その時、僧の刀こぶを恥じるように聖さまはそっとわたしの目から手を避けておしまいになりましたがね。そうは申しましても今や叡山の僧も鞍馬の僧も刀を持つ世、しかとしたことはわかりませんが。

それにつけても涙を誘われるのは母御の思いでございます。京に出かけましたとき、何度か常磐殿のお屋敷を訪ねたのですが、ずっと対の屋にお篭り中でお会いできませんでした。常磐殿は義経殿の無事を祈って念仏を唱えていらっしゃるということでした。

壇ノ浦の勝敗が伝わってきたのは文治元年(一一八五)の春、どこかで死闘が繰り返されていたことなど忘れさせてくれるようなうららかな日でありましたよ。さすがのわたしもこのときの哀れな平家の御方々のありさまには涙を禁じえませんでした。とりわけ、清盛殿の奥方、二位の尼が御年八歳の安徳天皇さまをしかとお抱きになり海中に入水なさったときのご様子を思い浮かべると、身も心もはり裂けんばかりでありました。

「さあ、この尼と共に」という二位の尼のお誘いに幼い帝は「どこへいらっしゃるのですか」、と愛らしくも凛としたお声でお問いになったということでございます。「浪の下の都へ」という尼の一言で利発であられた帝はすべてを悟られ、涙一つお見せにならず、目を見張りほんの一時、この世に今生《こんじょう》の別れをするかのように女官たちの顔をお眺めになったそうでございます。

——あこ丸は言葉を詰らせ、肩で大きく息をした。おそらく一度や二度は尼殿を拝見したことがあるのだろう。

尼殿は辞世の歌を念仏のように唱したかと思うと、幼帝を我が手で包むようにして海の下の都にお行きになったとのことでした。亡き高倉天皇さまの后であり、安徳天皇の御母の徳子さまは海中に沈むところを源氏方に大熊手で救出なされたのでしたよ。

それにしても時の運というものには、抗しがたいものなのでしょうか。平家方は初めから負け戦ではなかったとのことです。清盛殿のお子で武勇をとどろかせていられた平知盛殿、能登守《のとのかみ》教経《のりつね》殿がご奮闘になり、緒戦は平家に勝ちあり、と見えたそうですよ。ところが潮の流れが変わるに及んで形勢は断然、源氏方に有利になってきた……。義経殿は逸《はや》る鎌倉方の武将を押さえ、じっとこの時を待っていられたということでした。あのお方は戦のためにお生まれになったのではありますまいか。戦嫌いのわたしがつい戦のことに触れてしまったのは、上の者から下の者まで義経殿の軍神ぶりを口にしない者がなかったからですよ。

常盤殿から久々に文がまいったのは義経殿が京にお戻りになる少し前だったように思います。

あこ丸殿、幾度か訪ねてくださいました由、ほんとうにご無礼いたしました。せめてわたしにできることをと、九郎が西国に発ってから対の屋に篭り、念仏三昧を送っていたのでございます。幸いにもほどなく九郎は帰参するそうです。早速留守の堀川館に喜びの文をつかわしますと、郷御前からも静殿からもていねいな文が返って参りました。郷のお方もわたしの懸念を吹き飛ばしてしまうほど九郎思いの方のようでございます。九郎を良く思わない鎌倉方の中でせめてもの救いとわたしも今後、何かありました場合、一縷《いちる》の望みをつないでおります。

義経殿が京にお戻りになったのは、文治元年（一一八五）四月も末の夜でありましたよ。淀川の畔の山崎に入り、天王山のふもとに出て京を目前にしたときには、さすがの大将殿も涙を縷々《るる》とお流しになったそうです。壇ノ浦では一時平家に押され、これまでかとお思いになったときも、太い眉をきりりとさせ、泣き言一つおっしゃらず、また能登守平教経殿に狙われ、船から船へ逃げ渡っていらっしゃったときもまるで誰かと鬼ごっこでもしているかのようであったと申しますのに、一挙に心の張りが緩まれたのでしょうな。

義経殿の涙に引かれ、弁慶殿や伊勢三郎殿ももらい泣きをなされたとか。それも道理でございましょうよ。義経殿をはじめ、郎等たちは戦に加わったいきさつもあり、今回の鎌倉殿のご命令は勝たなくば生きて帰るなと、暗に含んでいたことを察知されていたでしょうからな。

皆が寝静まった刻ではありましたが、義経殿の軍勢が入京してくるのを迎えた京の人々は少なくなかったということでございます。常盤殿の代理として夜陰《やいん》にまぎれ、かえで殿もお迎えに出向かれたとのことでした。

後白河さまのお喜びは格別で、ふたことめには義経殿の名を口になさっていたそうでございます。もともと法皇さまは義経殿のような方がお好みなのです。遊女、乙前殿が高齢になりながら今様の師として限りなく大切にされておいでになったのも、乙前殿は義経殿に通じる純粋なひたむきなものをお持ちであったからです。乙前殿は今様という芸で、義経殿は戦という術の中にもの狂いとも言えるひたむきさを示されたのですからね。法皇さまは「義経は朕の子なり」とまで貴族たちの前でおっしゃられていたそうでございます。義経殿も法皇さまを御父と思っているとのことで、常盤殿は義経殿の一途な法皇さまへの傾倒ぶりに不安を抱いていらっしゃいましたよ。

六　常磐殿の不安

あこ丸殿、鎌倉殿の九郎への勘気《かんき》は、凱旋してもはや数日にもなりますのに依然とけていません。平家討伐の華々しい戦勝の功を挙げたのだから当然、京に帰れば頼朝殿の勘気の許し状が待っていると九郎は思っていたのでありましょう。ところが、凱旋将軍として捕虜を率いて都を練り歩いてから何日も経つというのに何の音沙汰もない、勝ち将軍としてのねぎらいの言葉さえないというのです。

文などめったによこさない九郎が珍しく弱気になり、そのことをしたためてまいりました。それに引き替え、法皇さまの九郎への愛着ぶりは日に日に増しているようです。父のようにお慕いしていた頼朝殿があのような態度でいられる限り、九郎の心が後白河法皇さまの方へ傾いていくのも無理はないと思うのですが、わたしには不安が増すばかりでございます。

すべてを育ちによるとするのも一面的な見方でしょうが、九郎は父というものに飢えているのです。強く、偉大な父なるものへの憧れが異常なくらい強いのでございます。そのことが災いを引き起こさなければよいが、と願っているのですが。

頼朝殿の勘気がまだ解けないところを考えると、この度の戦功があったとしてもあの子の将来は楽観を許しません。郷御前を通して頼朝殿への九郎のさらなる忠誠心をお伝えしたほうがよいのではないかと思案をしております。

こういうわたしは母とは名ばかりで、今や藤原氏の人間。こんなことを注進することすら愚かなことと思ってはいるのですが、毎日とりとめのないことばかり考え、頭を悩ましております。お笑いくださいませ。

このころ、わたしは大原に隠棲された建礼門院徳子さまのことを歌と舞にしてみたいと思っておりましてね。後白河法皇さまがときおり、徳子さまをお慰めにお忍びで大原へ御幸されているとお聞きしていましたからご一緒させていただくよう文でお願いしたのでした。後白河法皇さまでなければお頼みできないことでございますよ。

もちろん建礼門院さまにお会いになるのは、法皇さまと直々の側近だけでございましたがね。わたしどもは寺の石段の下でお待ちしておりました。鬼が出るのではないかと思うほど樹木に囲まれた寂しいお寺でございましたな。

徳子さまには法皇さまは舅《しゅうと》に当たられますので、平家憎しといえども徳子さまへのお気持ちは並々でなかったのでありましょう。安徳天皇さまは海の下の都へ、その母徳子さまは深緑の海底のような御寺で菩提を弔っておいでになるのでした。

わたしは法皇さまのご配慮のおかげでなんとか新作の今様を創りあげることができました。その数ヶ月後、法皇さまが日吉のお社に参拝なされるのを知って馳せ参じ、法皇さまの御前で新作の歌と踊りを披露したのでありましたよ。「あこ丸よ、そちはいつまでも熱心であるの。そちなら必ず乙前のようになれる」とお誉めの言葉をくだされたのでしたが、わたしには不満の残る作でした。

建礼門院さまの御物語としますと、舞はともかくとして今様風の歌では門院の御心が浮き上がってしまうのです。門院の安徳天皇や御母上二位の尼を思われる悲しみの御心、波間に散った平家の侍たちに対する鎮魂の思いは今様では表しきれないのです。悶々としながらあちこち修業に出かけたものです。その間に、常磐殿から文が届いておりました。

あこ丸殿、お元気でお暮らしでしょうか。わたしの便りは相も変わらず嘆きの羅列ばかりで申しわけございません。なぜこうも九郎は考えが浅いのでありましょうか。我が子ながら歯痒くなります。いや、考えが足りないというより、あの子はある一つの事態の次にはどのようなことが展開されるかという予測を立てることができないのです。

と申しますのは、九郎は流人間違いなしと巷でうわさされている平時忠殿の娘御を側室として迎えたようであります。かえでと懇意な堀川屋敷の下働きの女が急ぎ報せてくれたのです。広い屋敷の一角にもはや住まいしていることを考えますと、今さら九郎に異を唱えても聞いてはくれますまい。あの子はどのような了見で平家の落ち武者の娘などを妻に迎えたのでありましょう。母のわたしと同じ悲しみをその女人は味わうでしょうし、そのこと以上にわたしが心配しますのは頼朝殿のことでございます。

平家の娘を妻に迎えたなどとわかれば、いやもはや間者によって知らされているでしょう。勘気がとけるどころか、ますます頼朝殿との仲が険悪になるでしょう。わたしには九郎は陰謀にかかったとしか思えないのです。下働きの女の話すところでは、法皇さまが義経にお薦めになったらしいのです。九郎は法皇さまの計りごとに乗らされたに違いありません。

あるいは平時忠殿が命乞いのために娘を義経の側室になさろうともくろまれ、法皇さまに泣きつかれたとも考えられます。父と崇めている法皇さまから平家の娘にいいのがいるそうだが、どうじゃと言われれば、事の判断を決する前に有り難きしあわせ、と言わざるをえない九郎の気持ちもわからないわけでもないのですが。

大局を見ずして情に流されてしまう、これが九郎の弱点なのです。情に飢えていた子は情にもろい。これもあの子の育ちから来るものでありましょう。情は政に不向きです。九郎は戦の才はあっても冷徹で怜悧な統治者にはなれないのです。子を思う母には時として鋭利な直感が働くものでございます。いっそのこと、すべてを捨て京を去り、どこか遠いところで平和に暮らしてくれたらと願うのでございます。

が、それも叶うことではありますまい。今や末の世、人の心の裏の裏を見ても足りないくらいですのに、九郎のような人間は自滅を待つしかないのでしょうか。

義経殿が側室になされたのは平家の姫ばかりでなく、貴族の姫も堀川館にお入れになったそうであります。人間強い者になびくというのが習いでございます。久我なにがしとか、藤原なにがしとかいった大納言や中納言が姫を競って義経殿に縁づけられたとのことです。保元、平治の乱をつぶさに見てこられた常盤殿には戦の非情さ、しかも源氏の骨肉の争いの凄まじさが身にしみておられるのでありましょう。義経殿の京での名声が上がれば上がるほど気持ちを暗く、今に頼朝殿が何かを仕掛けてこられるのではないかと、当の義経殿以上に怯えておいでのようでした。

今思いますのに、義経殿のご家来衆には策士がいなかったことも不幸の一つであったと言っていいかもしれませんな。郎等といっても百人ばかり、しかも勇者はいても知恵をあれこれ巡らし人の心の裏を見通すご家来衆は誰一人、いらっしゃらないのでした。「もし、家来衆の中にせめて、梶原殿、いや大江殿のような世故《せこ》たけた方がおりましたら少しは九郎も変わっていたかもしれません」とは、常盤殿が後に申されたことでしたよ。

義経殿が宮中へ日参していられる間に、頼朝殿の策略は早、始まっていたようです。静殿は久方ぶりに母御、磯禅師殿の元に里帰りなされたおり、「鎌倉殿の命で今後一切、義経の命令には服さないように」という書状が武将たちに送られていることを母御から耳にされたそうですよ。

禅師殿は鎌倉方の京屋敷や貴族のお屋敷にしばしば招かれ、静殿が退かれた後も白拍子の第一人者としてときめいておられたのです。さる人の屋敷に招かれたとき、頼朝殿の書状の件を禅師殿は小耳に挟まれたのでした。話が義経殿、しいては娘に関わることでなければ忘れてしまうはずの内容も、この件ばかりは禅師殿のお心の中で渦を巻き続けていたということですよ。

「母御はわたしにどうしろと言われるのですか」。静殿はきっとした面持ちで問われたそうでございます。禅師殿は静殿のご様子から娘の気持ちをお知りになり、それ以上は口になさらず、涙を浮かべ黙って静殿のお手をお取りになり、しばらくお顔を眺めていらっしゃったそうです。

賢明な禅師殿はこの時、すでに義経殿の行く末を予感し、静殿に自分の元に帰ってくるようお言いになりたかったのかもしれませんね。しかし、まだ初々しさを残す静殿は自分はどこまでも義経殿をお守りするのだと言わんばかりの張りつめたお顔をなされたそうですよ。禅師殿は我が娘のそんな姿に尊いものをお感じになり、何も言えなくなったということです。すべてかえで殿を通してのお話、いや、このことを話してくれたのは萩、そなたでありましたか。

――萩はうなずく。

禅師殿こそ、自由の人でありましょうな。かのお方は「あこ丸殿、芸を持つことほど女人にとってすばらしいことはありません。誰の世話にもならず、芸で世に立ち、どんな権力者をも芸さえすばらしければ感動させることができるのですから」と、いつかおっしゃっていましたね。

しかしながら、静殿は義経殿という男の魅力を知ってしまわれたのです。母御がひたすら白拍子の道をきわめられたように、静殿は妻として義経殿を思われる気持ちが一途であったのでしょう。

磯禅師殿は静殿が義経殿に見初められて堀川館にお入りになる前に再度念を押されたそうでございますよ。「そなたには白拍子としての才がある。わたしは大臣《おおおみ》のお宅に伺っても恥ずかしくないように自分も教養を積み、そなたにも漢字を学ばせ、漢詩や和歌を暗唱させてきました。貴族の姫にも負けないほどそなたは覚えが早く、わたしの後継者として満足しておりました。これを最後と思いもう一度、我が決意に迷いはないかよく考えなされ。白拍子にはなにものにも縛られない自由があります。が、義経殿の元へ行けばおのずとそなたの暮らしは制約されてしまいます。義経殿のお屋敷で舞を舞うことはできても、もはやよそさまへ行って芸を披露したり、磨いたりすることはできないのですよ。それに義経殿にはあまたの妻妾がおいでと聞いています。そなたはそれでも行くと言われるのですか」

禅師殿の必死のお言葉も静殿には効果がなかったようですね。

「静は白拍子しか舞えない女だと思っていたが、なんでもできる女であるな」と、貴族との付き合いの多くなられた義経殿は、静殿に感心しながら漢詩の手ほどきをお受けになられたり、和漢朗詠集を詠じたりなされることがあったそうですよ。確かあの頃、静殿は十五になられたばかりだと、お聞きしていたが……。

軍神の申し子ではあるまいかと、都での人気を独り占めになされている方が、側女の一人に幼児のような素直さで嬉々として漢詩を教えられている姿を誰が想像できましょう。義経殿はそうしたお方であったのですよ。けれどもこうしたことでさえ、鎌倉殿には不快以外のなにものでもなかったのですからね。「義経は貴族の機嫌を取るためににわか勉強を始めたそうじゃ。たかが知れたことであろうよ。静風情に教えられるのでは」。頼朝殿のそんな言葉が義経殿の耳に入ったとき、さすがの兄思いのお方も苦々しいお顔をなされたということでございます。

　静殿は母御から聞いてきたという「義経に従うべからず」という京滞在の鎌倉方の武将に送られた書状について、我が殿に告げるべきかどうかためらわれていたようですが、ついにおっしゃったそうです。それについても「どっちみち、梶原景時あたりの仕業であろう。兄上はご存じないかもしれない」と、さして問題になさらなかったとのことでございます。「そうしたところがこの殿の悪いところであり、良いところでもあるのですが」と、静殿は苦笑なされていたそうですよ。

　静殿は幼いころから磯禅師殿が苦労をして白拍子の舞を不動のものになさってきたことをつぶさに見ていらっしゃったでしょう。招かれた貴族や武将の館で見たくもないこと、聞きたくもないことも耳にし、権勢家たちの裏も表もご存じであったと見受けられます。そんな中で義経殿の存在は不思議なほど異なっていたのでしょうな。

「この世にもあのような人を疑うことのない純粋なお方があるのですね」。かえで殿がお会いしたとき、静殿は義経殿のことをそう評され、「わたしはだからこそ、あのお方をお守りしなければならないのです」とでも言うふうに美しい眉を武者のようにきりっとさせ、空の彼方を見つめなさったそうですよ。かえで殿は、このお方は義経殿に添うことを天命と思っておられると、身が正される気がしたということですから。
次の文はほれ、文治元年(一一八五)五月と記されたこれですよ。

あこ丸殿、九郎はとうとうわたしの止めるのも聞かず鎌倉へ出発していきました。平家方の捕虜の護送と鎌倉軍の凱旋のため、という頼朝殿のご命令でした。仮病を使ってでも行くべきではないと申しても、あの子としては聞ける道理もなかったでしょう。が、いずれにしろ頼朝殿の命に背けば背くで、あのお方は九郎を窮地に陥《おとしい》れになったでありましょう。

しかしながら、京にいるのと鎌倉では大違いでございます。あちらでは周囲すべてが敵のようなものでありますから。この文を書き終え次第、わたしは九郎の無事を祈って再びお篭りに入るつもりです。仏のご加護によりあの子も三十近くになるまで生き伸びてこれたのです。今さらむざむざと本来味方であるべき人に殺されるのは犬死も同然です。源氏の奥底にたゆたっているどろどろとした不吉な血に我が子を殺されてたまるものですか。
長成殿から宮中の様子はもちろん、鎌倉方の動きもある程度耳に入るのですが、あこ丸殿の耳に鎌倉殿のほんの少しのうわさでも入りましたら、お手数ですが、この常磐までお知らせください。

常磐殿から文をいただくまえに、すでにわたしは鎌倉から帰ってきた商人から頼朝殿のことを耳にしていましたよ。京での朝廷に関わる情報はどんな些細なことでも鎌倉へ報告されているようでしたね。なんでも頼朝殿は日に三度、時によれば四度も飛脚やら商人の風をした密使を京につかわし、様子を探っておられるとのことでした。

それゆえ、何人もの郎等がその任についているのだそうです。が、鎌倉から八日で戻ってこいと命じられても、そこはやはり人間であります。途中でのどもうるおしたり、おいしい物も食べたくなったり、疲れた身体をわたしどもの歌でいやしたくもなるでしょう。そんなとき、酒が少しでも入ると密使といえども気がゆるむのか、こちらが訊ねもしないのにわたしどもの知らないことを次々話してくれるのでしたよ。

商人風の男と正真正銘の商人との違いはひと目でわかりましたな。根っからの商人は顔も穏やかで動作も身軽でありますが、密使を帯びていると思われる偽商人は体も顔つきもいかつく、先程まで刀を握っていたのではあるまいかと思わせるほど、宿に上がりましてもぎこちないのです。

その偽商人が申しますには、「後白河法皇さまが鎌倉に発つ義経殿を六条坊門までお送りになられたことに関して頼朝殿が、義経と法皇が結託して鎌倉と対抗している証拠だと激怒されていた」というのです。さらに男が申しますには、「京の人々には悪いが、義経殿の命も長くはないだろう」というのです。

さすがのわたしもこの言葉にぎょっとして男の顔を見つめてしまったものですから、男はあわてて「いやいや、これはあくまでもわしの野次馬的考えじゃ」と否定したのでしたよ。けれどもこんなことは常磐殿にお伝えできるわけがなく、わたしも暇を見つけてはみ仏に手を合わせ、義経殿のご無事を祈っておりました。

堀川館の静殿も同じお気持ちであられたようです。かえで殿が義経殿不在のつれづれをお慰めしようと館に行ったところ、み仏の前にお座りになり、ひたすら経を唱えておられるということでお会いになれなかったそうです。静殿だけでなく、萩、女たちはみな無事を祈り、経を唱えていたそうですね。

——萩はその頃の自分を思い出すのか、涙ぐんでいる。

後に知ったことですがね、その頃、鎌倉に近い酒匂《さかわ》というところで、義経殿は思わぬ扱いを受けておられたのでした。義経殿は捕虜である平宗盛殿親子と平時忠殿を迎えの北条時政殿に引き渡された後、かの地に止め置かれなされたのです。共に鎌倉に帰参した京在住の鎌倉方の諸将は、北条時政殿が引き連れるようにしてあわただしく鎌倉へお入りになったというのに。

これではいかに人を疑うことをお知りにならない義経殿も不審に思い、郎等の一人伊勢殿をつかわし、酒匂を発った時政殿を追い、問い詰めなさったそうでございます。すると時政殿は「おっつけ頼朝殿の使者がまいるであろう」と、すげなく言い、馬に鞭を当て走り去られたというのです。多勢に一人、いかに伊勢三郎殿が力んでもどうすることもできず、酒匂に引き返す以外にすべがなかったそうでありました。

「母上や静の言葉は本当かもしれない」と、義経殿は初めて深く肩を落とされたそうです。その義経殿の危惧を裏づけるように頼朝殿の書状を持った使者がやってきたのだそうです。「そなたは鎌倉にまいるべからず。しばらくそこに逗留し、召しに従うべし」と使者が読み上げるのをお聞きになるや、義経殿の顔は土気色《つちけいろ》になり、「なぜじゃ」と絶句なされ、いつまでも茫然と立ち尽くされていたということです。

酒匂で待つこと数日、頼朝殿のなしのつぶてに我慢の限界にきた義経殿は鎌倉まで一里という腰越までお進みになり、そこで弁慶に訴状を書かせられたのでした。その訴状が世にいう、腰越状《こしごえじょう》でありますよ。

義経殿に同行した懇意の商人が京へ帰参の途中宿に寄り、憤慨しながら腰越状とおぼしき文を朗詠してみせたものです。もっともそれは弁慶殿が書き損じたものであったようですがね。

腰越の申状の事

源義経、つつしんで申しあげます趣旨は、鎌倉殿の御代官の一人に選ばれ、平家追討の宣旨を奉じる御使者として、朝敵を退治し、先祖代々弓矢取る武門の習いとして会稽《かいけい》の恥をすすぎました。そこで当然、恩賞を与えられるべきはずのところ、意外にも恐るべき讒《ざん》言《げん》のため、莫大な勲功を黙殺されてしまいました。義経は犯した罪もないのにお叱りを受けましたので、血の涙を流しつづけております。

つくづくとこの出来事のいきさつを思案いたしてみますに、良い薬は口に苦く感じ、忠義な言葉は耳に入りにくいというのは先人の金言でございます。この金言のごとく、讒言者の言葉の真偽をも正されず、鎌倉の中へも入れられませんので、私の思うことを申し上げることもできず、空しく数日を送っております。この時に及んで兄君のお顔を拝することがならないならば、兄弟として生まれたという前世からの因縁が永久に絶ち切られるに等しいと言わざるをえません。

それとも、これもまた先の世の所業の報いでありましょうか。悲しいことでございます。

この度の事は亡き父上が生まれ変わっておいでにならない限り、いったい誰がこの愚かな私の悲しい気持ちを申し開いてくれましょう。そしてまたいかなる人が、この私に憐れみをかけてくれましょう。今さらめいた言い分で、愚痴めいた思いがいたしますが、義経は身体髪膚《はっぷ》を父母からいただいて、生まれてまだどれほどの時日も経っていないうちに、亡き頭殿がご他界あそばされたため孤児となり、母の懐に抱かれ、大和国宇陀郡の龍門の牧におもむいて以来、一日片時も安らかな気持ちで暮らしたことはありません。生き甲斐のない命ばかりながらえてはきましたものの、京の都を往来することが困難になりましたため、諸国を放浪遍歴し、あちこちに身を隠し、片田舎や遠い地方をすみかとして土民や百姓らに奉仕されてきました。

商人はここで一休止すると懐からもう一つの書状を取り出し、ほくそ笑みを浮かべました。「これらは弁慶殿が書き損じられたものなのですよ。弁慶殿が酒がないと仕事ができぬと申されたものですから宿の女に酒をもらい、持参すると部屋は書き損じの紙で散らばっておりました。わたしは捨てる振りをして実は何枚かを懐にしまっておいたのですよ。密書ではないので弁慶殿もその辺は神経をおつかいになっていなかったのでしょう。いや、元々、鎌倉の諸将と違い、義経殿の郎等の方々というのは開けっぴろけで隠し事ができないのです。こうやってね、繋ぎますとほれ、残りの訴状が出来上がり。書き損じだから多少読みづらいところは御辛抱」

そう言って商人は残りの訴状をわたしに読ませてくれたのですよ。確かにところどころ書き損じがあったりしましたが、十分に読めました。以下、訴状の続きですよ。

実はこのあこ丸、申状を書写させてもらっていたのですよ。ほれ、これこれ。

——あこ丸はそう言い、得意そうに黄変した書状を読み始めた。

ところが幸運な機会が急に熟して、平家一門を追討するために上京することとなりました。まず手はじめに木曽義仲を討ち取った後、平家を攻め滅ぼすために、ある時は険しくそびえ立つ岩山に向かって馬を進め、敵のために命を棄てることをものともしませんでした。またある時は果てしなく広がる海上で風波の難を克服し、身を海底に沈めることをも嘆かず、屍をくじらの餌食にするような危険をも冒しました。そればかりでなく、鎧や兜を枕に戦場に仮寝をし、弓矢を射て戦うことをわが務めとして励んできました。その本心は、全くもって亡き人々の霊魂の怒りを慰め申し、多年に及ぶ平家追討の願望を果たそうと思ったためにほかなりません。

それればかりか、義経が五位尉になりましたことも、わが源氏一門の名誉であり、世に稀《まれ》な重い職責で、これに勝るものがほかにありましょうか。とはいえ、今私の悲しみは深く、嘆きは切実でございます。自然に神仏がご加護を垂れて下さる以外はどうしてこの悲しい訴えを聞き届けていただけましょう。以上のような次第で、多くの寺社の牛王宝印《ごおうほういん》の裏を用いて、私が何ら野心を抱いていないという旨を、日本国中の大小の神々、冥界の仏たちを呼び迎え、お驚かし申し上げ、数通の起請文に書いて差し上げましたが、それでもなお兄上のお許しが得られません。

わが国は本来、神国であります。神は礼儀に背いたことはご受納にはならないはずです。頼むところはほかにはありません。ただひとえにあなたの寛大なご慈悲をお願い申し上げます。どうかよい機会をとらえて鎌倉殿のお耳に入れ、ひそかにご配慮を賜わり、私に過失がないということを申しなだめて、お許しをいただくことができましたならば、善行を積まれたその功徳があなたの一門の上に及び、栄華を永く子孫にまで伝えることができましょう。私の思いはとても言葉に尽くすことができません。他はすべて省略させていただきました。義経、恐れ畏《かしこ》みつつしんで申し上げます。

元暦二年五月　　源義経

大膳大夫《だいぜんのだいぶ》殿へ

大膳大夫とは大江広元《おおえのひろもと》殿のことでございますがね、役目柄大江殿へ送られたのでしょう。わたしが読み終わるのを待ちかねたように商人は申しましたよ。

「なんとまあ、涙が出てくるではありませんか。そうでございましょう、あこ丸殿。あの戦の神さまと崇められた判官殿がこれほどまでして頼朝殿の許しを請おうとなさっているのです。あのお方の汚れのない一途なお気持ちがほとばしり出ているではありませんか。これで頼朝殿が判官殿をお許しにならないならば、あのお方は極悪非道の輩《やから》でござるぞ。ところがですな、あこ丸殿、頼朝殿は血も涙もない冷酷きわまりないお方であったのです。依然として何の沙汰も頼朝殿からなかったわけですからな。

やむなく京へ引き返した義経殿は道中気が触れたように〝なぜ、兄上はわかってくださらぬ〟と、京に着くまでうわごとのようにつぶやき通していらっしゃいましたよ。そんな姿を見るのも忍びず、わたしまでが、今に見ておれ、と復讐心を抱いたものです。この時わたしにある考えが浮かんできました。それはこの訴状でございます。これを見れば京の者は誰とて涙を流さない者はないでしょう。わたしは訴状を京中の人に見せて、いかに頼朝殿が冷酷な人間であるかを吹聴してやるのです」

商人は、「負けてはいないぞ」と言わんばかりに鼻の穴を大きく膨らませ、胸をそらしておりましたよ。

けれどもわたしは不安でしたね。都の人々なら涙を誘われる文面も、鎌倉の荒武者どもに至っては女々しいと一笑にふす者もおるやもしれませんからね。

さらに追い打ちをかけるように頼朝殿は、義経殿がかねてからお預かりになっていた平家の領地二十四ヵ所を取り上げ、御家人に与えなさったということでした。領地がなくなれば義経殿が暮らしに事欠くだろうとの魂胆であったのでしょうな。

このころ、京ではおもしろいことが町衆の中から起こっていましたよ。判官殿をわしらで守ろうではないか、という人々が出てきたのですからね。正吉というわたしに訴状を見せてくれた商人がその中心人物だったのです。

そうした声が町衆から起こってきたのは、正吉殿が訴状の書き損じを見せて歩いたことにもよるでしょうが、それ以上に京の町を鎌倉の武士から守ろうとする町衆たちの心意気が高まった結果のようでしたね。

世の不穏な動きが地の神まで揺るがせたのでありましょうな。義経殿が鎌倉から帰参されてしばらく経った七月九日の午の刻(正午)、突如大地震が起こったのでした。鏡の宿一帯も京ほど凄まじくはありませんでしたが、近在の下人の小屋が何戸かつぶれましたよ。

このあこ丸はただちに街道に飛び出したのですが、ちょうど馬が駆けてくるところであったのか、地面にひずめを立てることもできず、宙を飛ぶように前足を空にもがかせておりました。当然馬上の人間は道に転がり落ち、立ち上がることもできず、道の端から端へごろごろ丸太棒《まるたんぼう》のように転げておりましたよ。

京は大変な惨状であったそうです。六勝寺《ろくしょうじ》はことごとく崩壊し、九層の塔も上の方の六層が崩れ落ち、三十三間の御堂も十七間までが倒れてしまったということでした。おびただしい民家が壊れ、常磐殿や義経殿、静殿は大丈夫であろうかと案じたものでしたよ。京のありさまは早速飛脚によって鎌倉へ知らされたようです。

飛脚が申すには後白河法皇さまは東山の新熊野《いまくまの》社へ月詣での御幸をなさっていたとかでご無事であったそうです。法皇さまは死傷者が続出して汚れが出たので急いで輿《こし》に乗ってお帰りになり、御所の南庭に幄舎《あくしゃ》を張ってその中に避難しておいでになるとのことでした。また、後鳥羽天皇さまは鳳輦《ほうれん》に乗って、内裏の池の汀に難を避けておいでになったとのこと。判官殿もお命の強いお方、堀川屋敷の塀の一部は崩れても建物はびくともしなかったそうです。

飛脚はそんなことを口走り、あわただしく去っていきました。義経殿のご無事を知り、安堵しましたが、すぐに別の不安に見舞われましたよ。京の混乱にまぎれて鎌倉から刺客《しかく》がやってきはしまいか……。義経殿は戦の名手、まともに立ち向かっていては鎌倉方のどんな大将であれ、勝てないことはご承知のとおりです。

わたしは京の商人、正吉殿に急ぎの文を仕わし、くれぐれも義経殿の身辺の警護を緩めないようにと伝えたのでした。加えて気にかかっていた常盤殿の安否もお知らせくださいとね。

おもしろいことに頼朝殿がいかに秘密裡に義経殿の暗殺をお計りになっていても、数日も経たないうちに京雀《きょうすずめ》どもの口に義経殿暗殺の企みのうわさが上っているのでしたね。正吉殿は我が商いのことも忘れ、京の町衆たちと判官殿をお守りするための案を練っていたといいます。

その一つに自警団とかいうものを作り、京の町衆の心意気を鎌倉方に見せてやるのだと意気込んでいましたよ。たいした商人でしたね。

大地震からしばらくして京の町の復興援助ということで、鎌倉から数百名が派遣されてきたそうです。正吉殿ら町衆はわたしが文にしたためるまでもなく、その武士の一団を不審の目で見、警戒していたそうですよ。宿の者を通じて密かに探らせますと、どうやら土《と》佐房昌俊《さのぼうしょうしゅん》らしい人相の男がいるというのです。ほれ、恩賞ほしさに義経殿討伐を名乗り出たという男ですよ。

自警団の中には様々な人間がおります。絵師もおれば商人あり、貴族の家に出入りしている遊芸の民もおります。鎌倉帰りの商人のうちで土佐房なるものを知っている者が、口々にかの者の人相を述べ、そのかたわらで絵師が筆を取り、人相書が瞬く間にできあがったのだそうです。できた人相書は自警団に配られたということですから、土佐房なる僧くずれの男を見たことがない者でもたちどころにそれとわかるのです。

ところが、でございますよ、こののっぴきならぬ段にきているというのに、義経殿は「兄上が刺客を向けるなど、そんなことがあるはずない」とまだ言い張られるのだそうです。静殿も二人におなりになったとき、磯禅師からの刺客の件に触れた文をお見せになったそうですが、意地になって否定されたというのです。兄上がそんなことをされるはずがないと言いながら、義経殿の眼にきらりとしたものが光り、それを見られまいとでもするように静殿から顔をそむけられたそうです。

静殿は肉親の情にひたすらな憧れを抱きながら受け入れられない義経殿を思い、せめて自分だけはたとえどんなことがあってもあのお方の側から離れまいとお思いになったそうです。義経殿の態度がこのようでありましたから正吉殿や自警団の面々もあからさまに堀川屋敷の周囲を警護することもできず、しかし、市中での動きは何一つ見逃さないぞ、と厳しく警戒に当たっていたとのことですよ。

鎌倉からの復興のための一団が京に到着した時には、すでに町家の半分は立ち直っていたそうですが、静殿は事が起きるとすれば復興が完了する前だと、毎日、町の様子を耳にしてはお心を痛めていらっしゃったそうです。

都ももう少しで元に戻ると思われたその日、静殿は朝から妙に落ち着かず胸騒ぎがして、義経殿に土佐房のことをそれとなく口になされたそうです。が、義経殿は「静は思いきりが良いわりには心配性じゃ」とお笑いになり、「兄上の放った刺客のために死ぬのであれば本望ではないか」と申されながらも、一瞬、暗い表情をなされたそうでございます。

心中ではどのようにお思いであったのでしょうな。義経殿は静殿の忠告にもかかわらず、むしろその言葉を覆すようにご家来衆たちを夜の京の町に繰り出させ、「存分に遊んでくるがよい」と仰せになったのですよ。

静殿はそんな義経殿をはたで見守りながらそっと目頭を押さえなさったということでした。あのお方はご自分のお心の中で賭けをなさっているのかもしれない。ぎりぎりまで追い込まれながらそれでも頼朝殿を信じたいとするお心がそうさせているのだろうと、静殿は涙を止めることができなかったそうでございます。

傀儡女にしましても白拍子にしましてもおよそ芸能の徒というのは、神への奉納の舞という重要な任があるからでしょうか、このあこ丸も不思議に思うのですが、妙に霊感が働くことがあるのですよ。静殿もおそらくそうした神の霊が働いていたのかもしれませんな。

その夜、夜討《ようう》ちがあり、堀川屋敷は八十余名の武者どもに囲まれたのです。火をかけられることを心配なされた義経殿は二、三の郎等を連れて門の外に出られ、闇にまぎれ鬼神のごとくご活躍なされたのです。馬を自在に操り、逃げると見せかけてはあらぬ方角から現われ、矢を射かけていく。そのありさまに怯えた武者どもは、あれは人間の業ではない、鬼神が出没したに違いない、と士気も萎え、夜討ちの一団は多勢にもかかわらず時を経ずして乱れ、明らかに形勢不利となっていったのです。

そのうち、騒ぎを聞きつけた自警団の面々や、町に出ていた郎等たちが帰り着き、大将の土佐房はかろうじて生き残った七騎を引き連れ、どこへともなく逃げて行きました。わたしどもは静殿や郷御前の指揮の下に長刀を持って控えておりました。いざとなれば潔く討ち死にするつもりでした。

語り手はいつしかあこ丸から萩にとって変わっていた。自らも体験した堀川屋敷の夜討ちの話を萩は黙って聞いていることができなかったのだろう。

翌朝、京は夜討ちのうわさでもちきりでした。「土佐房という輩はとんでもないやつじゃ。なんでも恩賞ほしさのことらしい。命知らずの大馬鹿者よ」。「判官殿は戦の神であるのを忘れたか。恩賞の前渡しを要求したというではないか。欲の皮の張った僧くずれよ」などと、土佐房の評判はさんざんでありました。

かの者は鞍馬に逃げたようでしたが、都でのうわさがこんなでありましたので、僧兵たちもかくまえなかったのでありましょう。土佐房は京へ戻され、義経殿の元へ引き出されたのです。義経殿は「命は助けるから鎌倉へ戻れ」と言われたそうですが、土佐房といえども体面があったのでございましょう。それにかの男は鎌倉へ帰れば殺されることを覚悟していたのでしょう。この場で首をはねられることを望んだそうであります。

夜討ちの事件でようやく義経殿はお気持ちを決されたようでした。静殿のお話では以後、頼朝殿のことは一切口になさらなくなったそうでございます。その分、孤絶した気持ちを静殿に向けられていったようです。以前にまして何かにつけて静殿を頼りとされ、相談されることが多くなったようでしたから。郷御前も大切にはされていらっしゃいましたが、静殿にはおよびません。あまたの女たちがいながら不思議と静殿に嫉妬心を抱かなかったのは、不運な主人をなんとかしてさしあげたいと皆が皆、真剣に思っていたからかもしれません。

――萩は口を挾んだことを悔いるふうに固く唇を結ぶと眼であこ丸に続きを促すのだった。

この間、常磐殿からの文が途切れておりました。ご病気のうわさもなく、地震の時もご無事であったと聞いていたのですが…。わたしが心配するものですから、京に出た宿の者が長成殿のお屋敷を裏口から訪ねてくれたのでしたよ。

かえで殿の話によると、義経殿が鎌倉から帰られて以来、常盤殿の暮らしは一変したというのです。あの大地震の時でさえ、部屋からお出にならず念仏を唱えていられたそうです。夜討ちを耳にされてからは物に憑かれたようにいっそう念仏三昧の暮らしを送られていたようです。

義経殿はお心が決まり、覚悟のほどがおできになったのでしょうか。叔父、行家殿や懇意な商人、正吉殿のご意見にも耳を貸されるようになられたそうでございます。

正吉殿を中心とする町衆で組織している自警団は人の輪も広がり、貴族と懇意にしている絵師などの力添えもあり、貴族のある方々と自警団の町衆が意見を一つにするという前代未聞のことが起きているとのことでした。

そうした貴族の筆頭に大蔵卿高階泰経《たかしなのやすつね》殿がいらっしゃいましたね。もともと公卿《くぎょう》の多くは義経殿を贔屓《ひいき》になされていたのですが、鎌倉方の義経殿へのなされ方に我が身の危惧をも感じられたのかもしれませんな。「今に頼朝の軍勢に京の町は踏みつけにされてしまう」「京の都はまろどもが守らなければならない」、そんな貴族たちが発する言葉は実をいえば、自警団の面々が口にしていた言葉だったのですよ。こちらがやらなければやられてしまう。そんな思いが頂点にたったころ、「頼朝追討の院宣を」ということになったようでありました。

義経殿もさすがに天下の武将、おのれが京の都を守らなければ誰が守るのか、という気概をお持ちになったのでしょうかね。毅然とした態度で後白河法皇さまの前にお出になり「頼朝追討の院宣」を願い出られたそうでございます。その後には高階泰経殿をはじめとする貴族、叔父行家殿が控えていられたのでした。

が、さすがに自警団が御所に出向くということはなかったようです。

法皇さまも義経殿を寵愛なされてはいましたが、事が対鎌倉であり、しかも頼朝追討の院宣ともなれば天下の一大事であります。ただちにはかばかしいお返事をなされなかったのは当然でございましょう。「都での町衆のざわめきを法皇さまもご存じでありましょう」「判官は戦の天才でおじゃります」「頼朝は京の都をつぶし、鎌倉に新たな都を作るつもりかもしれませぬ」と貴族たちは口々に申し上げ、義経殿も「命をかけて法皇さまと都をお守りいたします」と、澄んだ声に威厳をもたせ、申されたそうでございます。

後白河法皇さまは周囲に押されたという形でついに頼朝追討の院宣を出されたのでした。が、そこで終わらなかったところが後白河さまの後白河法皇たるゆえんなのでありましょう。その夜、法皇さまは密かに高階泰経殿を呼ばれ、驚くなかれ、頼朝殿にも義経追討の院宣を出すことを提案なされたのでございますよ。高階殿は唖然としてしばらく口も開けなかったそうであります。

しかしながら、頼朝軍の多勢を考えてみれば代々王城を守ってきた皇室の代表たる法皇さまの懸念もわからないではなかったのでございましょう。臣下として法皇さまに従うのが宮廷人たる自分の道、高階殿は悲痛な思いで、後白河さまのご提案をお飲みになったということのようでした。

が、高階殿はどうにも義経殿が哀れに思われてならなかったのでありましょうな。人を介して密かに二つの院宣のことを義経殿に告げられたのでした。この時の義経殿のご様子を後に静殿からお聞きしたことがありますが、お顔が見るまに蝋《ろう》人形同然となり、痴呆のように長い間、突っ立っていらっしゃったということです。静殿が義経殿の御手をそっと握られるとようやく我に返り、「法皇さまもか」と力なくつぶやかれ、大粒の涙を落とされたそうでございます。

その後の義経殿の不運をわたしはここに詳しく述べることはできかねるのですよ。そなたが義経殿のことをお話したくないのと似た心境でしょうかね。あのお方ほど、なされたことがどれほど幸を呼ぶものであっても、その幸が不幸へと変わっていったお方がこの世にあるでしょうか。天の神までが義経殿のお味方ではなかったのですからね。

文治元年（一一八五）十一月初めの未明、義経殿はついに京を離れ、九州へ都落ちなされたのでした。その際、義経殿は都人に感謝するかのように市中の家々に向かって深く頭を垂れ、手を合わせられたというのです。都落ちする者の常として、火を放ったりあらんかぎりの狼藉《ろうぜき》を尽くして出ていくものですが、かのお方はやはり違っていたのですよ。

正吉殿によれば、義経殿のご一行が発たれた後を追って自警団をはじめ、町衆たちが義経殿を追いかけ、姿の見えぬ義経殿を都の外れまで見送ったのだそうです。「高階さまも法皇さまのご命令には背くことができなかったのでありましょうな」と、正吉殿は自警団に詫び状を遣わされた高階泰経殿のことを憎むでもなく申しておりましたよ。

これもみな、その人の持つ定めというものなのでございましょうかね。この年まで生きてまいったあこ丸も、ようやくそんな思いを抱くようになりましたよ。

その後何日か経ったころ、京に義経殿のご不幸が届いたのでした。ご一行は大物浦《だいもつのうら》から船出をなさったそうでございますが、大風に見舞われ、ご一行の船がちりぢりになったというのです。難破して海の底に沈んだ船も少なからずあったようですが、幸い、義経殿の船は住吉浦へ打ち返されたということでした。それからのことはさあ、誰もしかとしたことがわからないのでしたよ。

萩、そなたは堀川屋敷を出た後、一時、尼寺へ入っていたのでしたね。

このころ、常磐殿からの文は一通もありません。人は心を打ち砕かれると言葉を失ってしまうものなのでしょうな。慰めの文をお送りしたところで何になるでしょう。わたしは、常磐殿のお気持ちを察し、涙にくれるばかりでしたよ。

しかも、この間の後白河さまのなされ方は、いくら法皇さまびいきのわたしでも尋常とは思えませんでしたね。義経殿をご寵愛なさっていたにもかかわらず、官位を剥脱し「義経こそ朝敵である」として、正式に「義経追討の院宣」を頼朝殿にお下しになったのでございますから。さすがの頼朝殿も法皇さまの豹変ぶりに呆れ顔をなさり、「今度はそれがしではなく、九郎か。あの日本第一大天狗よ」と、陰でののしりなされたということです。

法皇さまも一介の人間であられたのですな。今様の世界であれほどご自由と才能を発揮された方も、権力の座から逃れることはおできにならなかったのですよ。

それに比べますと下々の身はなんとありがたいことでしょう。重苦しい衣を身にまとわなかったことを嬉しく思いますね。一度は雲の上の暮らしにあこがれ、しばらく宮中で過ごしたわたしですが、市井の民の自由ほどありがたいものはないと退出したとき、思いましたからね。

さて、義経殿の消息でございますが、奥州へ向かって逃避行なされているとか、いないとか、うわさはまちまちでございましたね。

七

静殿、受難

それにしても、わたしどもから見ますと、頼朝殿もまた「日本第一大天狗」でございます。源氏の統領として天下を治めることがあのお方の定めなのでありましょうが、そのためにいかほどの謀略を計られたことか。義経殿など頼朝殿からみれば幼子に等しい存在であったのかもしれませんな。

悲しくても仕事は仕事、この頃、わたしは神楽歌のあるものを今様に取り込もうとしていたのですよ。北白川辺りの社を巡り、神楽歌を聞いて歩いておりました。そのとき、偶然にも社の前で静殿の母御、磯禅師殿にお会いしたのです。

禅師殿はわたしを覚えていてくださり、「静に代わって義経殿の無事をお祈りしていたのです」とおっしゃったのでしたよ。さらに、意外なことに「実は数日前、静が京に戻ってまいったのです。ここではさしつかえもありますから、お急ぎでなければ我が家に立ち寄り、静を勇気づけてやってください」と申されたのです。

わたしは誘われるまま、禅師殿のお家にまいりました。小家でしたが、調度などもさりげなく高価なものが置かれており、さすがに白拍子の第一人者を誇る禅師殿のお住まいと感心したものです。

しばらくして臥《ふ》せっていらっしゃったご様子の静殿が挨拶にまいられました。親の家という気の緩みもおありだったのでしょうな。わたしの顔を見るや、黒い涼しげな瞳から大粒の涙をはらはらと流されたのでございます。常磐殿やかえで殿、さらにはそなたを通して、このわたしに身内のような思いを抱いてくださったのでしょうかね。わたしも言葉が声にならず、ひたすら静殿の両のお手を握りしめていましたよ。

ほつれ毛をときおりかき上げなさる仕草が憂《うれ》い気《げ》でいっそう涙を誘うのですが、そうした仕草さえ美しく、常磐殿もこれほどお美しかっただろうかと、目を見張ったほどでございます。

聞くところによると、静殿は吉野の金峰山《きんぷせん》の蔵王堂《ざおうどう》からさる男に送られ帰ってきたところなのだそうです。大物浦で義経殿のご一行が難に遭われたところまでは知っておりましたが、その後の安否がわからず、今様を歌いながらも気にしておりましたので、静殿との出会いは神のお引き合わせとしか言いようがありません。

追っ手のことを考えると、吉野の山奥に逃げるしか方法がなかったのだそうです。義経殿は思案の上、同行していた妻妾に数人の従者を付け、財宝を持たせて都に帰るよう命じなさったそうですが、静殿だけはどうしても義経殿とご一緒したいと、おききにならなかったのでした。義経殿も静殿への思いが断ち切りがたかったのでしょう。他の妻妾が発たれたあとも、静殿にきっぱりした態度がお取りになれず、静殿はそのまま義経殿につき従っておられたのです。

しかしながら、吉野の山中は思いの外、険しく雪も降り始めていたということですから、義経殿もこれ以上、静殿を連れて行くことは無理と判断なされたようでありました。先の妻妾たちと同じように静殿にも財宝を持たせ、従者を付け、山を下るよう命じられたということでした。

禅師殿のお話に相づちを打っておりますと、突然、静殿が感極まったようなお声を発されたのです。

「あこ丸さま、わたしは間違っていたのでありましょうか。愚痴をこぼすことのなかった母が、わたしを見ては溜息をつき、おまえの悲運がこれで断たれるといいのだが……、と顔を曇らせるのでございます」

わたしはそのお言葉からふと、静殿は普通のお体ではないのではないかと思ったのです。息づかいもなにやら苦しそうでしたし、お美しい方ですから少しも気にはなりませんでしたが、お顔を見つめているとどことなく険《けん》があるように思われましたからね。以前、一度お会いしたことがあるのですが、その時はもっと目元が穏やかであったように思います。この間のご苦労がそうさせているのか、それとも妊《みごも》っていられるからなのだろうか。わたしは禅師殿の悲運という言葉が妙に心にかかり、どのようにお慰めしたものやら途方にくれていたのでございますよ。

静殿はお心の内の思いがあふれるばかりになっておいでだったのでしょうね。義経殿とお別れになってからのことを禅師殿に代わってとめどなくお話しになるのでした。

従者が一人、山中を案内するふうにわたしの先を歩いていたのですが、どのくらい経った時であったでしょうか。先ほどまで見えていた従者がいないのです。わたしは小用でもしているのであろうとしばらく待っておりましたが、いくらたっても帰ってくる気配がございません。名前を呼んでみましたが帰ってくるのは木霊《こだま》ばかりで、その木霊に呼応するかのように樹上から雪がはらはらと落ちてくるのでした。

空はしだいに鈍色になり、わたしは初めて置いてきぼりにされたことに気づきました。しかもかの男はわたしが持つという荷物まで取り上げていたのです。「静殿は女人の身、それがしがお持ちいたすのが当然」と、さも親切そうに申すのでした。それほどまでわたしのことをいたわってくれるのかとわたしも嬉しく思い、義経殿から渡された財宝の入った袋も託してしまったのでございます。義経殿に対して申しわけないことをしたと泣きたくなる思いでしたが、どうすることもできず、一人、山を下り始めました。

従者はどこをどう歩いて行ったのでしょうか。わたしの進む方向には人はおろか獣の足跡一つ見当たらないのでございます。峰を吹き下ろす風の音だけがわたしの不安をかき立てるように吹いているのでした。本当に人里に下りることができるのだろうか。このまま山中で屍となってしまうのではなかろうか。それもよいかもしれない。同じ屍となるなら他の場所でなく、このお山にいて義経殿のご無事をお祈りしたい。そんなことを思うわたしでしたが、心の奥底には都に戻りたい、生きて再び義経殿にお会いしたいという気持ちがあったのでしょう。雪に足をとられ、何度も転げながら、無我夢中で歩いていたのです。

京の山しか知らないわたしには、吉野の山は地獄の山かと思われるほど峰は切り立ち、谷は深くえぐられているのでした。谷へ下り、峰を登りしているうちに履いていた靴はいつしか雪にとられ、付けていた笠も風にとられておりました。足から流れ出る血を見て始めて靴を履いていないことに気づいたのです。

けれども代わりの靴はなく、万が一の時にと、優しくしてくれた下女が持たせてくれた草履があることに気づき、急ぎ履いたのでした。そのときにはすでに木々の合間から星が瞬いておりました。野宿したとしても雪の上では裸同然のわたしですから凍えて死ぬのを待つばかりです。

途方に暮れるわたしの前に義経殿の幻が現われ、わたしを激励するのでした。義経殿も苦闘していられるのだ。安易な方法はとるまい。仮にもわたしは軍神とまで崇められた義経殿の妻なのだからと、わが心を鼓舞したのでございます。

この一夜を生き長らえる方法は一つしかない。それは力の限り歩き続けることでした。今から思えば途方もないことですが、わたしは義経殿の幻に導かれ歩いていたのかもしれません。一晩、歩き続け辺りが白んできたころ、前方にお堂のようなものが見えました。わたしは天の助けと思いその方向に歩いて行ったのでございます。

わたしの記憶はそこで途切れ、お堂に着いた時の様子は少しも覚えておりません。老僧の申されるところによると、何やら外で音がしたので出てみると人が倒れていたということです。

雪の山中に女人が現われるなどありえないことで、もしかして狐の悪戯ではなかろうかとお坊さまは一瞬疑われたそうです。が、足から流れ出る血を見て、人間に違いないと判断なされたそうでございます。そのお堂が金峰山という山にある蔵王堂であったのです。「そなたは運の強いお人じゃ。修験者とて、山深い雪の吉野での修業は苦手のものでの」。意識の回復したわたしに老僧はそう申されました。わたしは手厚い介抱を受け、数日寝込んでおりました。そのとき老僧が「実はこんなところにいると、ときおり狐が化けて出てくるのじゃ。どうしたことか狐はとびきりの美しい女人に化ける。山深い所で修業する坊主どもを気の毒に思うのであるかの」と、さも愉快そうにお笑いになるのでした。

身体も回復し、何かお礼をしてから山を下りたいと思いましたが、財宝を持ち逃げされた今、めぼしいものは何も持っておりません。思案していたところ、数日先、このお堂で法会《ほうえ》が催されるというのです。わたしは即座にその時、舞を奉納しようと思ったのでございます。老僧にお話いたしますと大変お喜びになり、ぜひ、そうしてくれと申されたのでした。それまでわたしは法会の準備をお手伝いしたり、つれづれに歌を口ずさんだりして過ごしておりました。

ところが、歌の一部が老僧の耳に入ったようで、その歌を始めから聞かせてくれないかと申されるのです。とりとめもないつぶやきのような歌でしたので固辞したのですが、お世話になっているお方の頼みを拒み通すこともできず、恥をしのんで披露したのでございました。

在りのすさみのにくきだに
在りきの後は恋ひしきに
飽《あ》かで離れし面影を
何時の世にかは忘るべき。

別れの殊に悲しきは

親の別れ子の別れ、
勝《すぐ》れてげに悲しきは
夫妻の別れなりけり。
（巻七）

わたしは不覚にも涙を浮かべていたのでありましょう。老僧は「ただのお方ではないと始めから思っていたが、深いわけがおありなのだろう。ここでは何の気もつかう必要がない。気のすむまで逗留されよ」と、滲《にじ》んだ涙を振り払うように目をしばたき、み仏の前に赴《おもむ》かれるのでした。

心が弱っていますときこそ、人の情けが身に染むものでございます。涙もろくなっているわが心を叱咤し、義経殿のご無事を密かにお祈りするのでした。

老僧はお聞かせした歌がたいそう気に入られた様子で、「法会にはあの歌をお願いできないだろうか」と申されたのです。ありのままの気持ちを口に上らせただけのこれといって芸のない歌ではございますが、これ以上のわたしの真実の気持ちがありましょうか。他の歌を歌えと言われても果たして心から歌うことができますやら。わたしは老僧の所望されるとおり、例の歌に舞を付けることにいたしたのでございます。

こんな山奥にも舞を奉納する者が来るようでございます。老僧は法衣のような地味な衣を用意され「これはいつぞやであったか、なんとかいう舞人が使っていたものだが、芸の上達を願って衣を奉納したいと置いて帰ったのじゃ」と、わたしにその衣を身に付けるよう申されたのです。着たきり雀のわたしには嬉しいことでした。み仏の前で世俗の垢を付けた衣のままで舞うことはそれこそ、天罰が下るというものです。

わたしは大勢の参籠《さんろう》の人の前で万感の思いを込めて歌い、舞を舞いました。歌い終わると参籠の人々の間から啜り泣きが聞こえてきました。み仏の御前で涙まで奉納することになってしまったことにわたしは責任を感じ、おそるおそる老僧を見ますと、心配するなと言わんばかりにうなずいていられるのでした。

そのとき、「そなたは静殿ではないか」とそばに寄ってきた男がありました。突然のことに返事もできないでおりますと、「わしはそなたの舞を都で見たことがある」というのです。そこまで言われては否定することもできず、かといって認めればどういうことになるか、このわたしにもわかっております。わたしは助けを求めるような顔を老僧に向けていたのでしょう。老僧はわたしと男を手招きし、奥の部屋に招《しょう》じ入れられたのでした。

男は「静殿に間違いないのだから鎌倉方に引き渡さなければならない」と言いつづけております。それだけではありません。「義経殿が吉野の山奥に逃げたという報がすでに都に入っておりまする。静殿は判官殿の行方をご存じのはず。申さなければ罪になりますぞ」と詰め寄ってきたのです。わたしは猫に見据えられた鼠のように怯えていたのでしょう。老僧がわたしと男の間に静かに立たれ、「静殿とやらの話を聞こうではないか」と申されたのでございます。

わたしはこの時、運を天にかけました。真心が通じるものなら通じよ。通じなくば、生も終わりにすべしと。ひと呼吸置いた後、わたしは大物浦で船が遭難してから一人、夜通し歩き続け、お堂まで辿り着いたいきさつを一部始終話したのでございます。

すると今まで息まいていた男が黙り込み、涙まで浮かべているのです。「ああ、なんと自分は欲に目がくらんで恐ろしいことをしようとしていたことか。もともとそれがしは判官殿がお好きであったのだ。許してつかわされ」と平に頭を下げるのでした。「そなたが悪業に陥らなかったのもみ仏のおかげじゃろう。法会に参った甲斐があったというものじゃ。そなたは善行の人となったのでありますぞ」。老僧は安堵した表情で申されるのでした。

男の申すところに寄りますと「義経を捕らえた者には莫大な報償をとらす」という触れ書きが国のいたるところに回っているとのことです。うわさがうわさを呼び、なんでも一生働かずに食べられるくらいの金がもらえるとか、どこそこの広大な領地がもらえるとか、武将に取り立ててもらえるなどといったことがささやかれているのだそうです。

わたしは男の話を聞き、心配になってまいりました。義経殿が無事吉野の山を抜け出られたとしても、そのような触れ書きが出ているのでは人々の目が光っているに違いありません。わたしは手を合わせ念仏を唱えずにはいられませんでした。今さら頼朝殿の仕打ちを恨んでも仕方のないことでございますが、どこまでも兄頼朝殿を慕っておられた義経殿が哀れに思えてならないのでした。

「山深い蔵王堂まできて邪道に落ちるところをよう救うてくだされた。み仏に深く感謝いたします。罪滅ぼしに京までお送りいたしましょうぞ。女ひとりで帰られると聞いては黙って見ているわけにはいきません」。男の言葉を間違いはないな、と念を押すかのふうにしばらく眺めておられた老僧は、得心なさったのか、わたしに馬で送ってもらうようお勧めになったのでした。

男は一日も早く京の母の元へ帰させてやりたいと思ったのでしょう。早馬のように馬を走らせ、その間わたしはどこをどう走っているのやら皆目わからず、夢見心地でございました。途中、人目についてはいけないと男は配慮したらしく、休憩するのは野山であったり川の端であったりいたしました。食もろくろくのどを通らず、ひたすら義経殿の無事を願い念仏を唱えている間にわたしは見慣れた都の風景を目にしたのでありました。

静殿は三日三晩、眠り続けていられたとのことでした。が、やはり義経殿のことが頭から離れないのか、何度かうわごとを口にされ、何かが乗り移ったように突然起き上がり、正座をして念仏を唱えたりされたそうでありますよ。「いずれ、鎌倉方が静を引き連れていくでありましょう。その時のことを思うと夜もまんじりと眠れません」。禅師殿は静殿に聞こえぬよう小声で申されるのでした。禅師殿はさらに「齢をましてくるとどうもいけません。涙っぽくなって」と、袖で目頭を押さえられるのでございました。

わたしは禅師殿の北白川のお家を辞してその足でご無沙汰している常盤殿のお屋敷を訪ねました。義経殿が都においでであったときには人の出入りも多かったというこのお屋敷はひっそりと、家人の気配すら感じられず、勝手口の戸を叩くのも気がひける思いでしたよ。

かえで殿はわたしの顔を見るや手を取って喜ばれ、ようきてくださったと涙されるのでした。義経殿の都落ち以来、常盤殿は対ノ屋からお出にならず、食事もほとんど口にされないのでかえで殿は途方にくれていたのだそうです。

「あこ丸殿は天の助け人でございます」と喜ばれ、直ちに常盤殿の元へ案内されたのでした。

位は低くても長成殿のお屋敷はやはり貴族は貴族、なかなか立派なものであり、そこここに唐のものと思われる壺や螺鈿《らでん》の調度が置かれているのでした。わたしがそうした調度に目をやっているのにかえで殿は気づかれたのでしょう。「これらの多くは義経殿が判官でおありになったとき、貴族や武士、商人の方がたからの贈りものの品なのでございますよ」と申され、苦笑されるかえで殿に世の無常を感じ、常磐殿とお会いする前から涙ぐんでしまいましたよ。

かえで殿がご心配になるのもごもっともです。常磐殿は見る影もなく憔悴しておいででした。わたし同様、お年も召してきていられるのですが、それでもこのお方が、かつて宮中第一、都一の美人の誉れ高い女人であったなどと、誰が想像いたしましょう。目はくぼみ、頬は落ち、口元は姥口《うばぐち》となり、黒々とした長かった御髪は真っ白になり、三条河原にいる餓死寸前の老女となんら変わるところがないのです。わたしはあまりのお変わりように声もなく、あふれる涙を押さえることもできず、嗚咽《おえつ》していたのでございますよ。

「あこ丸殿、ようきてくだされた。わたしはいつでも九郎のそばにまいる用意ができております」。息も絶え絶えに常磐殿はそうおっしゃるのでした。こんなとき、どのような慰みの言葉があるというのでしょう。布団の上で正座し、倒れそうになりながらもみ仏に向かって手を合わせられる常磐殿のおそばで、わたしもひたすら義経殿のご無事をお祈りするばかりでしたね。

長成殿も常磐殿をご心配なされ、ときおり対ノ屋にお渡りになるそうですが、最近侍女ふうの女を召され、身の回りの世話をおさせになっているとか。「常磐殿があのようでは仕方のないことです」と、かえで殿は力なく言われるのでした。長成殿との間にもうけられたお子も元服なされ、高階泰経殿が義経殿の都落ちの件を償うかのようにその男子を下級の役人ではありますが、取り立ててくださっているということでした。

しかしながら、その御子に対する常磐殿のお気持ちは義経殿への愛とは比べようもなく、お子の方もまた、義経殿と父違いの兄弟であることをお喜びではないとのことでございました。

長居するのも気がひけるほどの常磐殿の衰弱ぶりでしたので、わたしは早々においとましたのですが、常磐殿のお姿が眼に焼きつき、胸の骨がきしむ思いで帰路に着いたのでしたよ。

世が日に日に鎌倉殿の天下になっていくのが、この街道筋にいると手に取るようにわかりましたな。鎌倉と京を往復する飛脚までが我が世になったかのように、鎌倉の新政権の様子を声高に話し、公文所《くもんじょ》を政所《まんどころ》として拡充し、大江広元殿が長官になられただとか、侍所《さむらいどころ》の長官には和田義盛殿、次官には梶原景時殿がなられたなどと自慢そうに吹聴していましたね。

黙っておりましたあこ丸も梶原殿の名前が出た時には、さすがにむっとしたものです。あのお方のなさること、ことごとくが義経殿を追いやられる原因になっていったのですからな。いや、あのお方は頼朝殿の命を忠実に守ったにほかならなかったのかもしれませんがね。

京界隈に住む芸能を生業とする者にも鎌倉へ移っていく者がありましたよ。新天地で都の歌や舞を広めようではないか、とわたしも誘われたのですが、即座に断りました。坂東の田舎武者になぞ、媚びたりするものか。あの情けもない鎌倉方の者どもに京の歌や舞がわかるものか。わたしは義経殿のことを思うからか怒りさえ覚えるのでしたよ。

正吉殿ではありませんが、わたしはすっかり鎌倉嫌いになっておりました。が、三条河原に小屋がけしていた遊女や京にいてもうだつの上がらないとみた白拍子や傀儡女たちのいく人かは鎌倉に移っていったようです。街道筋を行き交う人の数が多くなったことはわが宿の繁栄にもつながり、鎌倉に政権ができたのは悪いことばかりではなかったのでありますがね。

常磐殿から久方ぶりに文をいただいたのは、京のお屋敷を訪ねてから半年あまり経った頃であったでしょうか。京のお屋敷からの文だという見知らぬ者のことづてに咄嗟《とっさ》に不吉なことを思ってしまったものですが、常磐殿の筆跡と知って安堵いたしましたよ。

あこ丸殿、いつぞやはご無礼をいたしました。あのころは本当にこのまま命が絶えてしまうのではないかと思ったほどでございます。わたしみずからもそうなることを願ってもいたのですが。今日はお詫びと嬉しいことをお知らせしたくて筆をとりました。よいことといってもほんの束の間のことであろうと思われますが、それでも九郎が無事に奥州の藤原秀衡さまの元へ到着したということを喜ばないではおれましょうか。

奥州からの商人が密かにわたしを訪ね、九郎の無事を報せてくれたのです。数々の艱難《かんなん》辛苦《しんく》の末であったようですが、傷を受けることもなく秀衡さまの元へ着くことができたのも不幸中の幸いと言わなければなりません。ただ、忠臣、佐藤忠信殿が吉野を脱出する際、九郎の身代わりとして山法師たちに討たれ、亡くなられたそうでございます。本当にお気の毒なことをいたしました。

人間というものの有り様に絶望していたわたしですが、使いの者の話を聞き、少しばかり希望を持つことができました。吉野を出て、北陸、越後方面を辿って逃避行を続けたとのことですが、ある関所では明らかに義経の一行であると知りながら、気づかぬふりをして通してくれた武将もいたというのです。勢いのある者についていくのが人間の常、また捕らえれば莫大な賞金を与えるということだったようですから、人の心は欲と手柄を立てようという気持ちで血気はやっていたでしょうが、この世はいくら末法とはいえ、そうした人間ばかりではないのですね。この間、一心に念仏を唱えていた甲斐があったと、ようやく人らしい気持ちになることができました。

九郎のことはいずれ頼朝殿に知られる、いやもう知られているかもしれませんが、長成殿には内緒にしております。商人がかえでの世話で湯漬けを食している間にわたしは九郎に急ぎ文をしたためました。あの子に静殿が無事で、北白川の禅師殿のお家で休養していることを知らせてやりたかったのでございます。

ところが、長い間文を書かなかったものですから手が震え、筆をまともに持つことができないのです。上半身を起こしていることすら辛いのです。あこ丸殿、わたしは我が身を自らこのようにしたことを悔いております。わたしは生きなければなりません。今後どんなことが起きようとも、強く生きていく決心でございます。これからもこのわたしに力をお貸しくださるようよろしくお願いいたします。

わたしは常盤殿が再び気力を取り戻されたことを思い、涙ぐんでおりました。思えば常盤殿も静殿と同じように大和の伯父御の元へ三人の幼子を連れ落ちのびて行かれる際、雪中の旅をされたのでありました。吹雪の山野をさまよう静殿の姿に我が姿を重ね、生まれてまもない義経殿が今また奥州へ落ち延びて行かれるという運命に涙されながらも、強く生きていこうと決心なされたことを我がことのように嬉しく思ったものでした。

しかしながら、商人が申しますには、奥州での義経殿のお立場もけっして安泰ではないとのことであります。秀衡殿にはお子たちがたくさんおありなのだそうですが、どうもご兄弟の仲がよろしくないとのことです。秀衡殿はことあるごとにご子息を呼び集め、「病がちのそれがしの寿命は先が見えておる。兄弟が仲良く結束して義経殿をお守りし、ゆめゆめ軽薄な行動に走らないように。頼朝はそちたちの足下の乱れをついてくるぞ」と申されていたそうです。

ご兄弟衆の中には父、秀衡殿が義経殿を大切になされるのを快く思わないお人もおられるとのことでした。「ともあれ、末法と言われている世、心配の種を数えれば星の数ほどありましょう。今を存分に生きることこそ人としての務めなのではありますまいか」。わたしはおのれに言い聞かすふうに使いの者にそう言い、にごり酒をつぎながらとりとめのないことを話していたのでしたよ。

八　静殿、鎌倉へ

静殿のことは早ばやと鎌倉に伝わり、北白川の禅師殿の家を見張る者さえ出てきたのだそうです。静殿はめったに家の外へ出られることはなかったようですが、隠密という者はどんな手段を使ってでも様子を探るものなのですね。静殿が普通の体ではないことを鎌倉へ報告したのでしょうな。静殿は鎌倉へ召し出されることになったのですよ。

磯禅師殿がご心配になっていたことが事実となってしまったのです。静殿は「鎌倉へ行くくらいなら死にたい」と言いつづけられたそうですが、禅師殿の説得で泣く泣く鎌倉へ旅立たれたということでございますよ。

そのとき、禅師殿もご一緒されたのですが、禅師殿はいったん鎌倉へ静殿を送られた後、再び京に引き返されたのです。鎌倉からの呼び出しがにわかであったため、北白川の家のこと、留守中、弟子の白拍子たちに伝達することも多々おありであったのでしょうな。急ぎ用を足して再び鎌倉へ行かれる道中、鏡の宿で一泊されたのでした。気のしっかりしたあの禅師殿がわたしの顔を見るや嗚咽《おえつ》されたのでございますよ。

激情が収まると、禅師殿は静かに語り出されたのでした。

あこ丸殿、わたしは今回ほど悲しい思いをしたことはございません。鎌倉への道中、静は隙を見いだしては三度も命を断とうとしたのです。鎌倉へ行って辱《はずかし》めを受けて殺されるより、今この手で死を選んだほうがましだというのです。鎌倉殿はおまえの命が欲しいのではない。お腹にいる義経殿のお子の命を取るつもりなのです。すると静はいきなり狐がついたような顔で叫びました。「母御前、母御前は殺されるために生まれてくる赤子を幾月も平気で待てというのですか。頼朝殿が鬼なら母御前も鬼です。鎌倉方に義経殿のお子を殺されるくらいなら赤子もろともあの世へ旅立った方がわたしは幸せです」。喚《わめ》きちらすなどということのなかった静の剣幕に、わたしは一瞬、唖然《あぜん》としてしまいました。と同時に言いようのない悲しみに見舞われたのです。

あこ丸さま、人間は命あってのものでございます。静の気持ちは痛いほどわかりますが、一時の感情に押されて、助かる命まで捨てることはありません。わたしは静を抱くようにして添い歩き、諭《さと》したのでございます。たとえ生まれてくる赤子が殺されたとしても、そなただけでも生きておれば義経殿に必ず巡り合うことができるのです。軽率にふるまってはなりませぬと。

わたしはあの子のかたわらを片時も離れることができませんでした。湖や海のそばを通ります時には静の手をしかと握り、切り立った崖っぷちの端を通ります時には谷側にわたしが立ったのです。あの子はわたしが話しているおりにも隙あらばと、谷に飛び降りようとするのです。繋いだ手をわたしはひしと握りしめておりました。

力弱いわたしは谷底へもろともに引きずり込まれることを恐れ、途中から静の右側に古くから使っている侍女についてもらい、万が一のときに備えたのでございます。

美保の松原で休憩したときのことです。さすがに静も疲れたのでありましょうか。苦しそうにするので砂浜に布を敷き、横たえさせるとたちまち眠りにつきました。けれどもすやすやとした安らかなまどろみでなく、ときおり痙攣《けいれん》したように全身を震わせるのです。美保の松原は話には聞いておりましたが、ほんの一時ではありましたが、苦渋を忘れさせてくれるほど美しいところでした。

青い空、白い真砂《まさご》、姿のよい緑の松並みがどこまでも続き、天女が舞い降りてきたという言い伝えも当然と思えました。わたしはいつしか美しい天女の幻を見ておりました。ふんわりした衣をまとい、自在に空間を舞う天女。あちらの松からもこちらの松からも中央の天女をめざして天女が舞いながら集ってくる。どこからか笛や鼓も聞こえてまいりました。

わたしはいつしか歌を口ずさみ、手足を動かしていたのです。「さすが白拍子の名手、磯禅師殿は舞に余念がない」。鎌倉から遣わされた男たちが盛んに称賛していたそうですが、わたしの耳には何も聞こえておりません。が、静の呻《うめ》きが耳に入るや、わたしは一挙に現実に戻されました。鎌倉方の人間には絶対泣き顔を見せまいと決心していましたのに、わたしは静の苦しそうな声を聞いた途端、涙を禁じることができなくなったのです。

静が義経殿のお召に応じて妻妾の一人にならなければ、あの子はわたしを凌ぐ白拍子になっていたでありましょう。神泉苑《しんせんえん》での雨乞いのための奉納舞を舞ったとき、後白河法皇さまが天女にも劣らぬ舞とお褒めくだされたように、美保の松原に舞い降りた天女の舞を凌ぐ舞の上手になっていたかもしれません。

あこ丸殿、わたしが目にした幻の天女の舞は静へのわたしの願望であったのでしょうか。これも生まれ持った運命と思えば諦めもつくのでしょうが、この場になってもわたしは、静がわたしの舞を後継してくれたらという願いを捨てきれないでいるのでございます。

鎌倉が近くなったころには、静も心が決まったらしく落ち着いた表情を見せるようになっていました。もともと物静かな中にも動じない芯の強さを秘めた娘でありましたが、その平常心が戻ったのを見て、わたしはようやく安堵したのでした。義経殿の妻として恥ずかしくない自分であろうとする気配が伺え、わたしは心が締め付けられる思いになったものです。

静も落ち着きを見せてきたことではありますし、心の通じた侍女を付け、いったん京へ戻ってきたわけでございます。そしてまた、こうして鎌倉へ下っていくのですが、芸一筋に生きてきたわたしもやはり人の親なのでしょう。とても静一人を鎌倉へ置くことができないのです。それこそ、静が殺されるようなことがあるなら、その時はこのわたしもと覚悟しております。

静殿は文治二年（一一八六）三月一日に鎌倉へ到着なされたということでしたよ。あまたの者が一行を迎えたそうです。もちろん、義経の最愛の妻妾、都随一の美人で白拍子の名手であった静殿をひと目見たいという興味本位の田舎侍どもが大半だったのでしょうな。道中の頼りなさはどこへ行ったやら、鎌倉に到着した静殿は背筋をぴんと張り、毅然とした様子で前方を見つめておられたということです。鎌倉の者たちは皆、その気迫と神々しいような美しさに溜息をついたそうです。

静殿のお世話を仰せつかったのは工藤祐常《くどうすけつね》という京育ちの武士でありました。このお方は後に曽我兄弟に仇討ちされることになるのですが、如才のない男であったようです。また祐常殿の妻はかつて平重盛殿に仕えていた女でありましたから京の話題もあまたで、静殿のお心も開くだろうと鎌倉方では判断なされたのでしょうな。

しかしながら到着早々、生まれる赤子が若君ならば頼朝殿の意に従い、姫君ならば頼朝殿の妻、政子殿に差し出すことを命ぜられた者の心がどうして安らかでいられましょうか。平静を装っておられた静殿が哀れでなりませんでしたよ。「さすが、義経殿の妻女、泣き言ひとつおこぼしにならない」と、工藤の家の下女たちは感心し、静殿の気高さにかえって哀れを誘われたとか。「大きな声では言えぬが、頼朝殿はむごいことをなされる。ご自分はかつて清盛殿の継母《けいぼ》、池禅尼殿に命乞いをされ、助けられたことをお忘れなのだろうか」。こんなひそひそ声が交わされていたと言いますからね。

静殿が工藤屋敷に預けられたといううわさはたちまち伝わり、工藤の家の回りは終日、ひと目でも静殿を見ようとする者たちの人足が絶えなかったそうです。何かと用事を作り今まで訪ねてきたことのない侍までが工藤屋敷を訪ねたり、商人の出入りは頻繁になり、それのできない下々は屋敷を取り巻く樹木に密かに上り、邸内を伺っていたということです。工藤殿はこうしたありさまに悲鳴を上げ、頼朝殿にお願いして外回り専用の警護の侍をお願いされたそうです。

話が前後いたしますが、静殿の鎌倉ご滞在の出来事はすべてあこ丸がご本人からお聞きしたものでございますよ。と申しますのは静殿はご出産後、京に戻られたのですが、その道中、禅師殿とご一緒に鏡の宿にお泊まりになったのです。悲しみのお心の内をどうお慰めしたものやら言葉に窮していたわたしの心配をよそに、静殿は堰《せき》を切った流れのように話し続けられるのでした。物静かなお方のそのありさまに、わたしはいかに鎌倉での暮らしが忍耐を強いられる、理不尽なものであったかを思い知らされましたよ。

「もはや誰も盗み聞きをしているような者はおりません。存分にお話しくだされ」。わたしはそう言いながら涙を押さえることができませんでした。静殿からお聞きするまでもなく、鎌倉での静殿のご様子は商人などを通してすでにわたしの耳に入っておりましたが、ご本人の直々《じきじき》のお話に胸を突かれたものです。翌日になっても瘤《こぶ》を付けたように目の腫れがおさまらず、わたしは客の前で今様を歌うのを控えなければなりませんでしたよ。

静殿のことはそなたの耳にも入っているであろうが、わたしの話は静殿直々のものですからね。

あの時の静殿には苦しみに耐えてきたものだけが持つ、素手の強さのようなものが滲《にじ》み出ていましたね。こうして眼を閉じると今も静殿のお顔が浮かび上がってきますよ。

——どこからか静の幻の声が聞こえてくるのか、あこ丸はその声に応じるふうに相づちを打つのだった。

鎌倉に着いて半月も経たないころであったでしょうか。工藤殿がわたしの住む離れにまいり、梶原景時殿がお見えになったというのです。わたしは梶原と聞いただけで身の毛がよだつ思いでございました。義経殿を苦難に追い込んだ張本人であったからです。わたしの険しい表情を工藤殿は見て取ったのでしょう。「ご心配はご無用でございます。なにやらお願いごとがあるように聞いております」。わたしは気分がすぐれないとお断りしたのですが、あの梶原殿がさっさと引き下がられるわけはなく、「静殿が駄目なら磯禅師殿にお会いしたい」と申されたのです。母御前は昨日京から帰り着いたところで疲れているようでした。残してきたわたしのことがよほど気がかりであったのでしょう。鎌倉に向かうかねてから懇意にしていた侍の馬の背に乗せてもらい、早馬のような早さで鎌倉に到着したのです。

母御前は強い者に逆らうのは不利と判断したらしく一人、梶原殿と会見したのでした。梶原殿は慇懃《いんぎん》に挨拶され、言葉づかいもていねいであったそうでございます。「頼朝殿と北の方がぜひ静殿の舞を見たいと申されております。都と違い、この鎌倉はひなびた地であり、できればお二人の舞でもって華を咲かせていただきたい。このとおりでござる」。母御前はあの高慢な梶原殿が頭を下げられるのを見て驚き、あわてて制したそうです。そしてこのお方は、「静の舞を頼朝殿と政子殿の前でご披露することによってまた自分の覚えをよくしようとなさっているのだ」と思ったそうです。

不本意であってもわたしどもは捕らわれの身、いかほどの抵抗ができましょうか。母御前は「静にそのように申します」と言い、引き下がったのです。「坂東武者というのは朴訥なもの言いの方々ばかりと思っていたが、梶原殿のなんと流暢な言葉の言い回しか。義経殿はあの口の巧みさに負けておしまいになったのだろう」。わたしを説得しなければならない立場の母御前がそのことも忘れ、しみじみと申すのでございました。

わたしとて自分がどのような立場の者であるかは重々承知しております。頼朝殿の命にはいずれ従わなければならないでしょう。が、たとえそうでありましてもわたしはぎりぎりのところまで抗う決心でおりました。景時殿は何度か工藤屋敷と頼朝殿の間を往復されたようですが、わたしはお会いしませんでした。「ああ、困った、どうしよう」。帰りぎわに梶原殿が思わずつぶやかれた言葉を聞いた京から連れてきた侍女は「ああ、いい気味だこと」と言い、梶原殿が帰られたあと、塩をまいてやったと申すのでした。

「梶原が使いにきたが、命に従わすことができなかった。頼朝の権威もしれたものじゃ、などと世間で取り沙汰されてはそちもそれがしも面目が立たない。静に是が非でも舞を舞わせなくてはならない。だからといって手荒なことをすれば鎌倉の評判が落ちる。どうしたものか」と、頼朝殿は思案なされているという工藤殿の報告でございました。

母御前はわたしの真意を察しているらしく、すぐにわたしを言い含め、舞を舞うようにとは申しませんでした。わたしは抗えるぎりぎりの線を探っておりました。相手は頼朝殿、政子殿でございます。しかも初めにわたしの舞が見たいと申されたのは政子殿であったといいます。そのことを耳にしたとき、わたしは政子というお方はうわさに聞く情の強い女人だと思ったものです。

「評判の静とやらはどんな女なのだろう。せっかく都一の白拍子の親子が来ておるというに舞を見ないではおれようか」そんなふうにお思いになったのかもしれません。義経殿と頼朝殿が兄弟なら、わたしと政子殿も義姉妹ではありませんか。いやいや、血の繋がりほど当てにならないものはございません。義経殿はその血の縁を大切にされたあまりに不幸を招くことになってしまわれたのですから。

生まれ出てくる赤子のために経を上げるなど、こんな辛いことがありましょうか。けれども生まれ出てからではわたしは赤子を殺された悲しみに打ちひしがれ、経を上げる気力が残っているかどうか自信がなかったのでございます。

ひたすら念仏を唱える日々を送る一方、その間、諦めはしましたものの生まれ出る子がどのような顔をしているのだろうと思い描いたものでございます。義経殿に似た色白のきりりとした眼の赤子であろうか、それともわたしに似た赤子であろうか。はかないときめきさえ覚えるのでした。できることなら赤子が女の子でありますように。それなら政子殿に取り上げられるとしても殺されることはないでしょうから。

事実が事実になるまで人はどんな境遇にいても夢を抱くもののようです。愛らしい顔の赤子がごくんごくんと乳を飲む音まで耳に残り、翌朝夢のことを母御前に話すと厳しい表情をして「そうしたことは考えなさるな」と強い口調でいい聞かされるのでした。「男の子か、女の子か」。母御前に聞かれないところで下女に言うと、下女も悲しそうに黙って頭をふるのです。母御前から赤子の話には絶対ふれないよう申し渡されていたのでしょう。

工藤殿の妻女は話好きのようでもありましたが、わたしどもが京の人間というだけで親近感をお持ちであったのでしょう。「鎌倉では口にできないことなのですが」と前置きしては、かつて平重盛殿にお仕えしていたときのことを話されるのでした。「あの殿は平家御一門の中でもとりわけご立派なお方でございました。病死なさらず長寿を全うなされていたら平家が滅びるということはなかったでありましょう。父清盛殿にご意見されるのは常に重盛殿お一人であったようですし、宗盛殿は清盛殿のご機嫌を取ることばかりを考えておられたようです。あのお方は人は悪くはないのですが、気が小さすぎると重盛殿が嘆いておられたのを覚えております。重盛殿の北の方は貴族のお生まれでしたし、お子たちも貴族の姫を迎えておられたので自然、雅びやかな雰囲気を重盛殿もお持ちでありました。それに比べ、この鎌倉の武者たちの品のないこと」。工藤殿の妻女は警護の侍たちの声が門の方から聞こえてくるのを耳にして眉をひそめ、声を落とされたのです。

妻女は今様にも詳しく、わたしにもいくつか歌ってくだされ、ふと「芸で身を立てる者が女にとって一番幸せなのかもしれませんね」と申されるのでした。わたしはこのとき、妻女がわたしの元へ菓子を届けたり、今様を披露したり、ささやかではありましたが酒宴の席を設けて慰めてくれているのは、ほかならぬ工藤殿の苦しい立場を見るに見かねてのことであると悟ったのでした。

厄介者を預けられ、その上、舞を舞わせるよう命じられている工藤殿は妻女ともどもわたしと頼朝殿の両方にどれほど気をつかわれていることだろうか。そう思うとわたしの心の内部の頑《かたく》なものが崩れるように柔らかくなっていったのでございます。

わたしは自然な形で頼朝殿の頼みを受け入れる機を悟ったのでした。ただし、梶原殿に従ったのではない。あくまでも工藤殿のご夫婦愛に打たれたものであることを文にしたためなければならないと思ったのでございます。早速、筆を取り、頼朝殿への使いを工藤殿に頼んだのでありました。

わたしの意を知った妻女は涙を流して喜ばれ、「八幡宮での舞は頼朝殿や政子さまのためになさるものではありません。生まれてくる御子の浄土を願って舞われるのです」。お声は低く人をはばかったものではありましたが、かえって意志の強さが低く奏でられ、京女の強さを見せつけられた思いでございました。

わたしの意志が固まると母御前も「共に舞おうぞ。お子の極楽浄土を願うのです」と、早くも眼前に頼朝殿がおられるような毅然とした表情を空の一点に向けるのでした。

文治二年(一一八六)四月八日、鶴岡八幡宮での奉納舞の日が決まりました。鎌倉中は下から上への大騒ぎであるということでした。「都一の白拍子の名手なそうな」、「法皇さまのお墨付きであるそうな」、「静殿は坂東の女どもが石ころに見えるほど本朝きっての美人であるそうな」。口さがない者たちは好き勝手なことをいい、祭りでも待つようにその日が来るのを待ち望んでいるとのことでした。

しかしながら、義経殿のお名前を口にしないところは、やはり鎌倉殿の手前があったからなのでございましょう。わたしは「静殿こそ、義経殿の第一の奥方」と大声で叫ばれるのを期待していたのですが…。

舞の名手といいましても、このわたしは義経殿とご一緒に京を出てから満足に舞を舞ったこともなければ歌を歌ったこともないのです。長年、精進してきたとはいえ、我が名を貶《おとし》めたくはありません。それに鼓や笛、鉦も必要でございます。果たして鎌倉にそれ相応の巧者《こうしゃ》がいるのでございましょうか。

わたしの心配を見通したかのように工藤殿が楽隊の手配をしてくださったのでした。鼓《つづみ》は工藤殿が、笛は畠山重忠殿、鉦《しょう》は景時殿のお子、梶原景季《かげすえ》殿がなさるということです。わたしと母御前は不幸な運命の赤子のためにも白拍子の誇りにかけても、また義経殿のためにも今まで以上の舞を舞おうと互いに眼をしかと見つめ、無言の約束を交わしたのでございます。

長い間、舞うことを忘れていたわたしですが、練習には工藤殿の鼓も加わり、歌い始めるとおのずと身体が動き、長刀《なぎなた》を持つ手の感覚も甦《よみがえ》り、鎌倉まで下ってきたことが嘘のように思われました。わたしは夢を見ていたのだろうか。夢であってほしい。そんな思いでひたすら舞い続けたのでございます。

「世には天性の舞の上手というものがあるのですな。わたしなんぞはお二人に合わせようと今日までにどれほど鼓の稽古をいたしましたことか。それでも思うほどの音は出ませぬ」。工藤殿は謙遜していられるのですが、さすが京で修業なされただけのことはありました。京の鼓打ちにひけをとらないくらい澄んだ音をお出しになるのでした。

舞いながらわたしは初めて六条掘川屋敷に招かれたときのことを思い出しておりました。わたしの舞の動きにつれて義経殿の黒い瞳が動くのがわかりました。一挙一動が義経殿の眼にからめとられていくようでもありました。これほど舞に夢中になってくださった方が今まであったであろうか。そのうちわたしの舞は義経殿の眼の動きに呼応していったのでした。

貴族のお屋敷にまいりましても武将の方々からお招きを受けましても、皆さん過分に称賛してくださいますが、おのれを忘れるほどわたしどもに夢中になられる方はめったにございません。白拍子の舞は好まれてもどこか一線を画し、見てやっているのだという観客の表情がお顔に表れているのです。

軍神と評判の義経殿のことだから舞なぞと、苦笑されるのがおちであろうと思っていたのですが、熱中されるお姿のあまりの純粋さにわたしは鼓が終わっても舞いつづけようとしてはっと我に返ったものでした。

いよいよ八幡宮への奉納舞の日、その日は早朝から神社の周辺は大変な人出であったようでございます。上席はすでに頼朝殿、政子さまを始め鎌倉方の武将が顔を連ね、周囲の席には侍たちが、またそれを取り巻くように鎌倉の下々の者が押し合いへし合いしているのでございます。中にはお社の大木の上にのぼり、無礼者めと、引きずり降される者まで出る始末で、緊張の中にも頬を緩める一幕もありました。

しかしながら、わたしの緊張は度を越していたのでしょう。それと見てとった母御前が法楽のためといって予定外にまず一さし舞って見せたのです。母御前の舞は、静、落ち着くのですぞ。母の心意気を見習いなされ、とあたかもわたしに語りかけているようでありました。都一の白拍子などともてはやされても、母御前にはかないません。わたしは母御前の心に応えるように舞を見つめておりました。すると身体に筋が入ったかに見えていた体に熱いものが流れ、固い筋が見るまにほぐれていったのでございます。

意識して見ないようにしていた頼朝殿や政子さまのお顔もごく自然に見られ、感情の高ぶりも感じなくなっていました。わたしはあの方々のために舞うのではない。お腹の赤子の極楽浄土と義経殿の安泰を願って舞うのだ。頭上に広がる青空までが清らかな心と安らぎを与えてくれるのでした。

母御前の舞も終わり、場内はどよめき、溜息があちこちから漏れてくるのが幕内にいても伝わってきました。「鎌倉ではとても見られぬ舞じゃ。八幡菩薩もことのほかお喜びであろう」。わたしはそんな声を耳にしながら長刀を持ち、つと立ち上がっていったのです。白い小袖に唐綾《からあや》を重ね、白袴に割菱《わりびし》を縫った水干姿は一見、美麗な都の貴公子を思わせたそうです。場内は静まり返り、かたずを飲んで見つめる人々をわたしはどこか遠くの方から見つめているような気持ちでした。「粋とはほど遠い坂東武者といえども、侮ってはなりませぬ。ものの情を解せぬ者にも本物はわかるものです」。母御前の言葉を肝に銘じ、わたしは舞い始めました。舞台の端には畠山殿、工藤殿、梶原殿がそれぞれ紺葛《こんくず》の袴や木《と》賊色《くさいろ》の水干、山鳩色《やまばといろ》の水干などを付けてすでに伴奏を始めていらっしゃいます。

鼓や鉦、笛が互いに相乗しあい、それらの伴奏から抜き出るように母御前とわたしの歌が空高く舞い上がっていくのでした。清らかな二つの声が和し、人々は天上からの声ではなかろうか、天女の舞に相違ないと、一時白拍子の舞であることを忘れていたといいます。

舞が絶頂に達したころ、わたしはお腹の赤子が動いていることに気づきました。初めて赤子の動きを感じとったわたしは嬉しくてたまらず、そなたも一緒に舞ってくれるのか、それなら三人で父義経殿のご無事を祈って舞おうではないかと語りかけていたのでございます。お腹の赤子はわたしの気持ちを察したのでしょうか。舞に応えるかのように動くのでした。

人の目には母御前との二人の舞に見えてもわたしどもは三人で舞っているのだ。しかも頼朝殿や政子さまのためではない。赤子と義経殿のための舞である。わたしは長刀をきりりと振り、誰がわたしの心の内を知ろうかと、勝ち誇った気分で舞っていたのでございます。

しかしながら、舞も終わりに近づいたころ、わたしは無性に虚しさを感じ始めたのです。共に舞う赤子もあと三月も経たぬうちに生まれ出、生まれ出た途端、この世の者でなくなるのです。わたしはここが鎌倉の頼朝殿の前であることも忘れ、いつしか狂女のように舞い狂っていたのでした。

しづやしづ賤《しづ》のをだまき繰り返し
　昔を今になすよしもがな
吉野山峯の白雪踏み分けて
　入りにし人の跡ぞ恋ひしき

舞が終わり、鼓や笛も鳴りを静め、辺りは咳一つなく異様なほど静まり返っておりました。そのうち、場内にいる者たちの視線が頼朝殿の方に向けられていることに気づきました。母御前がわたしに鋭い視線を向け、何か言いたそうでありました。ともかく舞は終わった。母御前がわたしの頭も体も一挙に弛緩し、空白状態であったのでしょう。母御前が幕の内に急ぎわたしを招じ入れ、「そなたは大変な歌を歌ってしまいましたぞ。頼朝殿の顔色が変わったのを存じていますか。生きて京に戻れぬかも知れませぬ」

母は老いの身を奮い立たせるように背筋を伸ばし、いっそう毅然とした顔でわたしを見つめるのでした。わたしは事の重大さが今一つつかめず、下女がもってきた湯を飲み、依然ぼんやりとしておりました。工藤殿の姿は見えませんでしたが、妻女が眼に袖を当てながら近づいてまいりました。「静さまのお気持ち、女のわたしには痛いほどわかります。

静さまのお心をわかろうとしない者はたとえ何びとであれ、鬼でございます」。母はわたしに何か言いたそうでありましたが、妻女の言葉に自分も涙し、黙ってわたしの手を握っているのでした。

そのころ、頼朝殿と政子さまの間で激しいやりとりが交わされていたことを工藤屋敷に帰った後、わたしどもは聞かされたのでございます。「静はそれがしを侮っている。そうでなければあんな歌を歌うはずがない」。「何をおっしゃられます。あの歌は女の真心が歌わせたもので決してやましい、疑念のあるものではありませぬ」。「それにしてもあからさますぎる。あの女は義経慕い、義経の世になることを願っているではないか。このまま許しておくとそれがしの威信にもかかわる」。「あなたさまはわたしどもが若かったころのことをお忘れじゃ。流人であったあなたさまとの間を家の者に割かれ、わたしはどんな辛い思いをしたことか。あなたさまはそうではなかったのでございますか。静殿は吉野の蔵王堂で、別れの殊に悲しきは親の別れ、子の別れ、勝れてげに悲しきは夫妻の別れなりけり、と歌ったそうです。あなたは女の気持ちがわからないお方です。今回の静殿の歌は静殿の魂が体から抜け出し、歌となってあくがれ出たものです。何のやましい魂胆がありましょう。『古今和歌集仮名序』にも記されているではありませぬか。『やまと歌は人の心をたねとして、よろづの言の葉とぞなれりける』と。静殿のひたすらに義経殿を慕われる気持ちが理解できぬようなお方は、結局はあちこちの女に心を移しても深い女の愛は得られぬものでございます」

政子殿の最後の言葉が堪えなされたのでしょうか。頼朝殿は憤りを静め、わたしどもにたくさんの褒美《ほうび》をくださることになったのです。

工藤殿の妻女が笑いをこらえるように申しますには、実は頼朝殿はなかなか女人に目がない方で、政子さまに隠れてはこれとおぼしき女人を見いだし、小家に住まわせていらっしゃったとか。ところが政子さまもなかなかのお方、たちどころに頼朝殿の浮気を見つけ、女を追い出され、ある時には女の住む家に火をおつけになったこともあったそうでございます。それでも頼朝殿の女人への憧れはやまず、策を巡らし家来の家に女を住まわせ、武家屋敷の巡回と称して女の元にお行きになっていたそうですが、それも政子さまに見破られておしまいになり、政子さまには頭が上がらないのだそうでございます。

政子さまは「ひたすらに慕う気持ちは哀れで美しい」と感に堪《た》えないように何度もつぶやかれていたそうでございます。

わたしは最後に歌った歌を顧み、あらためて挑戦的な歌を歌い上げたものだと思いました。が、よくよく考えみますに、あの歌はわたしが常々つぶやいていた心の中の言葉であったのです。歌となって現れ出たのは、政子さまのお言葉どおりわたしの目に見えぬ魂が、褒美の山を見ても少しもうれしくありません。むしろ屈辱感が増してくるばかりで。わたしは母上に無断でそれらの物を世話になった礼として工藤屋敷の人々や下女たちに分け与えたのでございます。鎌倉を思わせるものは一切身に持ちたくなかったのです。

お腹の膨らみは日増しに大きくなり、わたしは海から吹いてくる風に身をさらしながら三条河原で斬首の日を待つ心境でございました。工藤殿の妻女は「今、静殿にどのような言葉をおかけしても慰めにはならないでしょう。それどころか、わたしは静殿のお顔を見ると涙が出てしまい、かえってお気持ちを乱すことになりかねません。わたしの代わりに気のきく侍女を仕わしますので」と、母御前に申され、いったん引かれたのですが、工藤殿に言われなさったのでしょう。七日も経たないうちに再び、なにくれと世話をしてくださるのでした。わたしもそんな妻女の気持ちを汲み、愚痴一つこぼさないようにしておりました。

いやしくも武門の妻となった身、義経殿を辱めてはならないと心に言い聞かせていたのです。けれどもいくら木石になろうとしてもなれるものではございません。涙があふれそうになると唇を強く噛みしめるものですから、紅を付けずとも華やいでいたわたしの唇は歯型がつき、紫色になってしまったのです。そんなわたしの心中を母御前は察していられたのでしょう。無言のまま、痛ましそうに唇に紅油を塗ってくださるのでした。

　紅油をつけてもらうたびに義経殿は奥州の秀衡さまの元へお着きになったのであろうか、この紅油はもしかすると平泉近辺の産かもしれないと、その匂いが芳《かぐわ》しく思えてきたものでございます。母は早、京に戻ってからのわたしの行く末を考えているようでした。

「わたしもそなたも天から舞の才を授かっている。これほどありがたいことはなかろう。武士の世になっても安泰とは言えませぬ。そなたは武士の世界がどのようなものか思い知らされたでありましょう。京にはたくさんの人がわたしたちを待ってくれています。母の芸は他の誰でもない、そなたに継いでもらいたい。そなたがこのようなことになったのも武門と決別し、白拍子として生きよ、という神のお告げかもしれないのです」

　わたしは母の言葉に抗うでもなく黙って耳を傾けておりました。母の申すのも道理ですが、わたしの気持ちはすでに決まっていたのでございます。無言のわたしに不審を抱いたのか、母は再び申しました。「芸で身を立てることほど、尊く自由なことがありましょうか。わたしはそなたを産んだ後、そなたの父であるお方とお別れしたことを良かったと思っています。もし、あのお方の請われるまま、情にすがりついていたなら、今日のわたしはなかったでありましょう。母は誰の意志でもない自分の意志によって生きていることを誇りに思っています」

わたしは母御前の言葉に深くうなずいておりました。けれども母は母、わたしはわたしでございます。母御前の幸せがわたしの幸せにつながるとは申せません。わたしの決心が固いものであるからこそ、赤子が生まれ出る日までをさして心を乱すこともなく送ることができるのです。

そうは言いましても臨月近くなり、せり出してきた腹部を見やりながらあえぎあえぎ縁《えん》先《さき》に腰をかけていますと、何のためにこんな苦しい思いをするのか。産婦が死ぬほど苦しい思いをしてもそれに堪えられるのは、生まれ出る我が子を見るかけがえのない喜びがあるからではないか。その喜びのないわたしはいっそのこと、死んでしまった方がましである、などと心の荒《すさ》む日々でございました。

出産の日が近づくにつれ、頼朝殿の使者が頻繁に工藤屋敷を訪ねているようでした。工藤殿の妻女はそんな様子を少しもお見せになりませんでしたが、邸内のざわめきは離れにいても感じられましたし、ときおり、築地の蔭から離れを覗き見している不届きな侍もいたのでございます。

わたしはいよいよ日が近づいたことを悟り、誰とも口をきかなくなりました。たとえ母であれ、一言でも口を開けばわたしの意志が奥底から崩れてしまうのがわかっていたからでございます。蟬時雨《せみしぐれ》の中、西の空に向かって手を合わすわたしの姿を見て、工藤屋敷の人々のことごとくが涙を止めることができなかったと言います。

わたしはこのとき、手を合わせ、無言の経を唱えていたのでございます。そしてその経はときには頼朝殿の呪詛《じゅそ》に変わっていたりもするのでした。我ながら人の心は恐ろしいと思ったものでございます。意識して頼朝殿を呪詛していたわけではありません。赤子の冥福を祈って心の中で経を上げていたのです。

誰にも申しませんでしたが、わたしには赤子が若君であることがわかっていました。霊感のようなものがわたしにそう告げていたのです。赤子もろともこのわたしをも極楽浄土へ行かせてください。わたしは必死でそう願っていたのです。

わたしが無言の経を上げるそばで母御前が申しました。「蟬がそなたの代わりに経を上げてくれているようじゃ」。「そのようでございますね。出産のご無事を蟬が祈ってくれているのでしょう」。母御前と下女がなんとかわたしの気持ちを引き立たせようと言った言葉もわたしには苦しみにほかなりません。二人の気持ちはありがたいのですが、殺される赤子を待つわたしの心情を誰が理解することができましょう。

陣痛が始まったのは七月も末つ方、明け方近いころでした。いよいよと思うと身も凍る思いでありました。出産というのは本来なら喜びと不安の入り混じった中にも希望にあふれたものであるのでしょう。が、わたしはあたかも赤子に「生まれてくるな」とでも言わんばかりに無意識に身を硬直させるものですから易々と生まれ出るものまでが、なかなか姿を見せないのでした。「軽く、力をぬいて。このままでは死んでしまいますぞ」。助産の者が叫んでいるのが、夢現に耳の奥の方で聞こえていました。

死んでしまいたい。死神がすぐ際まで迎えにきているではないか。それを受け入れない方があろうか。「静、力を抜くのです。このわたしを一人にするおつもりか」。母御前の声にはっと目が醒めたかと思うとまた意識が朦朧《もうろう》としていく。何刻かの間、そうしたことの繰り返しであったようでございます。わたしが苦しんでいる間に、陣痛が始まったことが頼朝殿に伝えられ、半刻もしないうちに工藤屋敷の周りは警護の侍たちでひしめいていたということです。なんでも生まれた赤子が取り代えられることを恐れてのことであったそうです。

極度の痛みが頭頂を突き抜けたかと思うと身体の中心から下部に向かって何かがすうっと引いていきました。その心地よさはえも言われぬものでした。赤子とも猫とも判別しがたい泣き声が聞こえたようでもあり、幻の声のようでもありました。わたしは流れ星のように闇に吸い込まれていく自分がぼんやりとわかりました。魂がわたしの肉体を先導していくようでもありました。

静、静殿と叫ぶ声も闇はまたたくまに吸いこんでいきました。わたしの頬を叩く者、気付け薬を飲ませようとする者、必死で経を上げる者、後で聞いたことですが、わたしは生死の間をさまよっていたのです。が、その時にはすでに赤子は侍たちによって連れ去られていたのでした。

意識が回復するとすぐ、わたしは赤子のことを訊ねました。「立派な若君でございました」。工藤殿の妻女はそう申され、突っぷしてしまわれました。泣くまいとしておられるのでしょうが、肩がいつまでも上下し、震えておりました。「武門のならいと思い、諦めてくだされ」。工藤殿は深く頭を下げ、いつまでもお上げになりませんでした。

わたしはあの世のとば口まで行きながら引き返してきたことが悔やまれてなりませんでした。「義経殿が生きよと命じていられるのですよ」。母御前が耳元でささやきました。そのとき、私の心の奥底で夢のように思っていたことが確かな意志となって浮かび上がってきたのです。赤子と共にあの世へ逝くことが叶えられないのなら、義経殿を追って奥州へ行こう。我が決意にわたしは身を震わせていたのでした。

産後の日だちはかんばしくありませんでしたが、わたしは一刻も早く鎌倉を去りたかったのでございます。工藤殿がせめてあと十日あまりというのを振り切るようにして京へ旅立ったのでした。途中、由井ヶ浜のそばを通りましたときには我慢も限界になり、わたしも母御前も供の者も誰はばかることなく泣き崩れました。白波をかぶる小岩に向かって一行が経を唱え始めたのは出発前、下女の一人が「若君は由井ヶ浜の海の小岩の手前に沈められた」と、工藤屋敷の下男が申していたと口にしたからでございます。「鎌倉でのことはこの場ですべて流してしまいましょうぞ」。母御前は自分にともわたしにとも言い聞かせるふうにおっしゃり、わたしも深くうなずいたのでした。

そうはいいましても、浜辺の宿に泊まりましたときにはちゃぷちゃぷという波音が赤子の「うくん、うくん」という声に聞こえ、我が子の顔をひと目も見ることができなかったのが悲しくてなりませんでした。「見なかったほうがよかったのです。見れば今度は未練が残り、若君のお顔がちらつき、つろうてしかたがありません」。気丈な母御前が堪えかね、眼に袖を当てておっしゃるのでしたが、それも道理でございましょう。

九　京の町衆

静殿は実によくお話しでした。お心のうちに鬱積《うっせき》していた思いはいくら吐き出しても尽きることがなかったのでありましょう。が、しだいにお疲れになってきているのが言葉つきから察することができましたし、息づかいも普通ではなくなっていました。不安な面持ちでお話を聞いていたのですが、突然「あこ丸さま、義経殿はこの宿で元服なされたのでしたね」と申され、静殿は黙り込んでしまわれたのです。目付きが異様に光り、わたしは一瞬、背筋がぞっといたしました。「静、そろそろ眠ってはどうじゃ。今宵は少し話が過ぎたようですよ」。禅師殿は幼子に言い聞かせるように申されたのです。わたしはその口調が気にかかりましたがね、「隣の間が義経殿がお若いころ、休まれたお部屋でありますよ」と、静殿のお気持ちを汲み、申し上げたのでした。

夜具の用意ができ、部屋に静殿を案内すると禅師殿が後を追ってみえ、「静を寝かしつけてからわたしはそちらへまいりますから」と言われるのです。母と娘の密な関係を思う一方、どこか妙な雰囲気がしてなんとなく落ち着きませんでしたよ。

しばらくして禅師殿が寝所から戻られ、安堵したふうに溜息をついてわたしを見つめておられるのです。「静を変に思われませんでしたでしょうか」。わたしは何とお応えしてよいやらわからずかぶりを振りますと、禅師殿は深刻な顔つきで話し始められたのです。

静の様子が妙なことに気付きましたのは鎌倉を出て、駿河の辺りからだったでしょうか。あの子は急に笑い始めたかと思うと、なにやら訳のわからないことを言うのでございます。言葉を話す前の赤子がよく母親の顔を見て「うくん、うくん」と語りかけるものですが、青あおとした海原を見ては「うくん、うくん」と言うのです。笑ったかと思うと今度は泣き顔になる。

産後の肥立ちがよくありませんでしたのに、少しでも早く京へ戻りたいというものですから、わたしたちはかなりの強行軍をしてまいりました。無理が祟《たた》り、神経を痛めたのかもしれないと海の見える宿で二、三日休養することにいたしたのです。ところがそれがかえってよくなかったのでございます。食事もとらず、海辺に出てはなにかわけのわからないことをつぶやいているのです。下女もはじめは心配顔をしていましたが、気味悪がり「早く京に戻りましょう、京に戻れば気持ちも落ち着かれるでしょうから」と言うのです。「海が静さまの心を悪くしているのですよ。静さまは赤子のことを思い浮かべていらっしゃるのです」。確かにそのようでした。翌朝宿を発てば、否が応でも海が目に入ります。わたしは宿の者に提灯の用意をしてもらい、暗いうちに宿を発つことにしたのでございます。

山中に入ると静の心は平生に戻るようでした。もの静かな常のあの子の姿を見てわたしは胸を撫《な》で下ろしました。わたしたち一行は遠回りになっても海の見えない道を通るようにしてきたのですが、どうしても海のそばを通らなければならないときが何度かあったのでございます。するとやはり静は妙なことをつぶやき始めるのです。

こんなことをしていたのでは、本当に静の気が変になってしまうと案じたわたしは、思案の末、宿の者の知恵を借り、何時ごろ宿を発てば海を見なくてすむかと計算の上で、宿を出発することにしたのでございます。潮騒は断つことができませんが、暗ければ海を見なくてすみます。どの宿でも同じことをお願いし、どの宿でも妙な顔をされましたが、宿代を何倍も弾むとどこの宿主も快く承知してくれました。

なんとかここまで辿《たど》りつくことができましたが、これからのことを考えると心配でなりません。わたしは静を手元に置き、傷ついた心を癒してやりたいのです。そして心身共に健全になりましたら生まれ変わったつもりで歌と舞に打ち込んでほしいと願っております。あこ丸殿、わたしども芸能の徒ほど自由な身の者はおりません。わたしはこの度、鎌倉までついてまいり、そのことを思い知らされました。

工藤祐常殿のお屋敷にお世話になっていたのですが、妻女共に頼朝殿に気をつかわれ、わたしどもにも並々ならぬ気の配り方で心苦しい思いをいたしました。工藤殿のまげがわたしどもが京に向かって発つ時には心なしか薄くなっておりました。もし、静が逃げでもすれば工藤殿は即、斬首であったでありましょう。

この禅師には貴族も武士も少しもうらやましくありません。静も義経殿と出会ってさえいなければこうした悲しい思いをすることもなかったのです。悔いても仕方がないと思いながら悔やまれてなりません。わたしは白拍子舞を一つの芸に仕立て上げたい一心で静の父に当たるお方と別れ、一人立ちいたしました。静はこんなふうになってしまいましたが、今からでも遅くはありません。あの子には親の欲目とお笑いになるかもしれませんが、わたし以上の才があります。必ずわたしを超える舞人になるに違いありません。いかがお思いですか、あこ丸殿。


禅師殿は不安を追いやり、一縷の望みを抱くことで母子共に強く生きていこうとしていられるようでしたね。禅師殿の眼にはひたすらなものがあふれ、わたしは胸がいっぱいになり、即座にお応えすることができませんでした。

禅師殿と静殿のご一行をお見送りしてから十日あまり経ったころであったでしょうか。わたしは久方ぶりに雪聖さまから文をいただきました。お名前を存じあげないまま、わたしが雪聖さまとお呼びするものですから、いつからか聖さまもみずから文の終わりに雪聖と記されるようになっていましたよ。息災であるかとか、新しい今様はできあがったかといった短いさして変わりばえのしない文ではありましたが、わたしにとっては百の大力《たいりき》を得たも同然です。静殿や禅師殿のお話を聞き、沈みがちだった気持ちが一挙に晴れやかになっていきました。

わたしは禅師殿ほど芸に熱心でないのかもしれない。彦星のような放浪の僧を密かに待っているのですからね。聖さまの文には、冬になる前に上京したい、諸国を巡り歩くことに終止符を打ち、山里の小さな堂を今後の住みかにするつもりである、とも記されていたのです。どこに住むとも書かれていませんでしたが、わたしは当然都の近くの山里と思い、お会いできることが多くなるのを喜んでおりましたよ。

雪聖さまからの文を読んだわたしは静殿のことを思わないではいられませんでした。静殿はどれほど義経殿をお慕いであろうか。このわたしでさえ、雪聖さまのことを思うと胸が締め付けられるというのに。ましてや赤子を亡くされた今、どんなに心細い思いをしていらっしゃるだろう。どうか義経殿と無事お出会いになられますように。しかしながら、祈るわたしの瞼に異様な表情の静殿のお顔が見え隠れするのでしたよ。

京と鎌倉を往来する人々が増え、うれしいことに鏡の宿はますます繁盛するようになりました。長者の役目を先代から譲られたわたしは、伝馬の継ぎたてや宿泊人の世話、新作の今様作りに至るまで多忙をきわめておりましたよ。

そんな頃、自警団の中心人物であった京の商人、正吉殿が鎌倉からの帰りだといって宿に寄り、興味ある話を聞かせてくれたのでしたよ。「あこ丸殿、鎌倉でご法度になっている歌をご存じか」。正吉殿はにやりとすると、白拍子の手振りをまねて歌い始めたのです。

しづやしづ賤のをだまき繰り返し
　昔を今になすよしもがな
吉野山峯の白雪踏み分けて
　入りにし人の跡ぞ恋ひしき

「おわかりかな」

「静殿の…」

「そう、静殿が鶴岡八幡宮で歌われた歌です」。正吉殿は何やら意味ありげに言うのでした。「頼朝殿が激怒されたそうだが、この歌を京で流行らせてみてはどうかと思いましてな。おもしろいと思いますがね」

わたしには正吉殿の魂胆はわかっておりました。正吉殿は静殿がお産みになった赤子のことも知っての上なのでありましょう。「自警団としても気持ちが収まりませんからな。

鎌倉では駄目なことでも京では通用するということを示さなくてはね」。正吉殿は再びにやりとして、挑戦的な眼を空に向けるのでした。

確かに正吉殿の案は京はむろん、あちこちで受けるでしょう。しかし静殿のお気持ちはどうであろうか。「禅師殿と静殿に打診してみなければ軽々しい行動はできない」と申したものです。

ところで、気がかりになっていました最近の法皇さまのご様子を訊ねますと、いっそう寺社参りに励んでおられるとのことでございました。「あのお方はいったい、いかほどのお顔をお持ちなのでしょうな。坊主、日本第一大天狗、狐、狸、…まだまだありますぞ」。そんなことを言う正吉殿に、「後白河さまは百の顔をお持ちですよ」と、わたしはけしかけたのでしたよ。

正吉殿は法皇さまが義経追討の院宣を出されたことにまだ腹を立てていたのでしょう。京に戻られた磯禅師殿が再び鏡の宿へ立ち寄られたのは十一月も半ば近くであったでしょうかね。下女を連れ、ずいぶん憔悴されているご様子でした。「静が、静がいなくなってしまったのです」。禅師殿の頭は白髪が目立ち、二ヶ月の間に一挙に老女になられた感がいたしました。

鎌倉から京に戻られた静殿は寝たり起きたりされていたそうでございます。が、身体が回復するにつれ、縁先に座りなどして日がな一日青空を見つめていられることが多かったといいます。

磯禅師殿は声を低め悲しみをこらえるようにしてお話しになるのでした。

鎌倉行きで、長い留守をしておりましたわたしは、方々のお屋敷に挨拶まわりに出かけることが多かったのです。静も落ち着いているようでありますし、本人の気持ちを聞いた上で再び歌や舞の稽古をするよう促すつもりでございました。初めての出奔はこの間、起こったのです。下女が家にいたのですが、その隙をねらったようでした。けれども、そのときは折よくわたしの帰りが早かったので、あわてて出入りの者たちを動員し、逢坂方面へ捜しに出かけたのです。わたしの勘では海を求めて出たのではないかと思えましたから。出てからまだ間がなかったのでしょう。運よく逢坂の手前の月心寺《げっしんじ》でのどをうるおしている静を見いだしたのです。母を置いてどこへお行きか、と詰りますと「義経殿と赤子の元へ」、と無邪気な顔で言うのでございます。あまりにもこともなげに申しますので、かえって心配になり、静の顔を覗き込みますと、あの子の眼が異様に光っているのでございます。

けれどもわたしを見ているのではありません。静はどこか遠いところを睨《にら》みつけているのです。以後、わたしが仕事で出かける時は下女の他に親しい者にも来てもらい、静の様子を看てもらっていたわけですが、それから二十日あまりして再び出てしまったのでございます。その時は気付くのが遅く、わたしたちは逢坂を過ぎた辺りで二手に別れました。「湖西を通って北陸路に向かっていられるかもしれない」と下女が言ったからです。と申しますのは、静さまは「義経殿が北陸路を通り、越後を通って奥州へ向かっていられる」とよく口にされていたというのです。

が、わたしの脳裏には由井ヶ浜の光景が散らついておりましたので、二手に別れ、鎌倉へ向けても急ぎ駆けてもらいました。この時、静は湖西の勝野原《かつのはら》の近くまで行っていたのでした。幸いにも捜し出すことができましたが……。以来、わたしは舞を頼まれても弟子に行かせ、静のそばにずっといることにしたのでございます。普段のあの子のふるまいは元気であったころとすこしも変わらず、歌や舞こそいたしませんでしたが、下女を手伝って台所仕事をしたり、和歌の本を眺めたりしていたのでございます。そんなでありますから、わたしはあの子が二度も家を出たなどとは信じがたい、いや信じたくありませんでした。

今思いまするに、すべてわたしの油断が災いしたのでございます。静は昼間出奔することは難しいと判断したのでしょう。三度目は皆が寝静まった真夜中、こっそり出てしまったのでございます。翌朝、寝床が空になっているのを見て仰天してしまいました。持ち物を調べてみますと、ごく身のまわりの必要なものだけを持参したようです。

神泉苑で雨乞いの舞を舞ったとき、後白河法皇さまからいただいた金箔の扇がないところを見ますと、道中の路銀《ろぎん》にでもしようと思ったのでしょうか。あの子が出てからもう十日になりますが、あちこち捜し回りましたが依然として行方がわからず、仕方なく引き返し京に戻る途中でございます。

女の足ではさほど遠くへ行けるはずがないと思ったのですが、一途になっている時というのはどんなことでもするものです。たまたま奥州の商人に会い、馬の背に乗せてもらい、奥州へ向かっているというのならうれしいのですが、頭に浮かんでくるのは不吉なことばかりでございます。

坂本の辺りから舟に乗って海津まで行き、そこから愛発《あらち》の関を越えて北陸へ行ったのかもしれないと思い、訊ねまわりましたが、それらしい女人は舟に乗っていないというのです。

わたしはもう捜すことを諦めました。わたしの反対にもかかわらず白拍子を辞めて義経殿の元にまいり、その大切な方との赤子を産むや殺され、あの子は義経殿や赤子だけでなく、今度は自らの魂まで放《ほう》ってしまったのです。

静の心の空白を歌や舞でなんとか埋めさせてやりたいと思ったのですが、このわたしもあの子の気持ちをわかってはいなかったのでございます。

正確に申しますと、わたしは捜すことを諦めたのではなく、静の心の安まるようにしてやりたいと思うようになりました。自分の場合、白拍子として精進することで苦難を乗り越えてきたものですからつい、同じように考えてしまったのでございます。静は静、わたしはわたし、帰ってくればよし、帰ってこなくてもどこかで元気に暮らしていると思うことにいたしました。ここまで気持ちが落ち着くまでにどれほど思い悩みましたことか。


禅師殿は泣き笑いのような顔でわたしを見つめられるのでしたよ。気持ちを無理に落ち着けようとされていることが痛いほどわかりました。そんなご様子を見ていると猛然と怒りが噴出してきましてね、「禅師殿、静殿が鶴岡八幡宮で舞われた歌と舞、今様にもお貸しいただけませんか。しづやしづの歌を都中に、いやこの国のいたるところで流行らせるのです。禅師殿は白拍子たちに、わたしは知る限りの傀儡女《くぐつめ》にあの歌を伝授いたします。静殿がどこかでその歌をお聞きになるやもしれません。さすれば静殿の消息を知ることができるかもしれないではありませぬか」。わたしは大声で申し上げていましたよ。

禅師殿はしばらく考え込んでいられましたが、深くうなずかれた後、わたしの両の手を強く握られたのでした。
それからのわたしは食事も忘れてしまうほどの忙しさでございました。まず我が宿の傀儡女たちに歌詞を教え、それに今様ふうな節を付けるのです。節まわしが決まれば手足は自ずとついてまわります。女たちは自分がまるで静殿であるかのように哀切きわまったふうに歌い、舞うのでしたよ。
四、五日練習を重ねると恥ずかしくないものにできあがり、手始めとして雪野寺の境内で奉納の舞を催すことにいたしたのです。秋の収穫も終わり、民たちは農閑期に入って縄作りや繕いものをする以外にたいした仕事もありません。境内のまわりは近在から集まった下民たちであふれておりました。
その日、わたしどもは喝采に応えて何度、歌い、舞ったことでありましょう。終わりころには集った者たちは歌を覚えてしまい、境内を大音声《だいおんじょう》が渦巻き、その声は近在までとどろいたということです。

しづやしづ賤のをだまき繰り返し
昔を今になすよしもがな

奉納舞のうわさはたちまち知れ渡り、近江の北から南のあまたの寺々からわたしどもは招待を受けることになったのですよ。今様の節回しは歌いやすいこともあるのでしょうな。村の余興で民たちは歌い、娘たちは恋しい人の前で自分流に節をつけて舞ったということです。

「しづやしづ」の舞のうわさは街道筋を瞬く間に走り、わたしは美濃の青墓まで出かけたり、請われるままに神崎や住吉といった遊女の宿まで教えに出向いたものです。「京でも大変な人気でございますが、鎌倉でもおもしろいことが起きていますぞ」。鎌倉の帰りに立ち寄った正吉殿が、にんまりとして申すのでしたよ。

正吉殿によると、鎌倉でも密かにしづやしづ、の歌が流行っているというのです。武将の妻妾たちも主人の不在を見てはしづやしづと、歌っているのだそうです。

「鎌倉の妻妾たちも主人の恩賞で懐が豊かになったのと違いますやろか。内緒で京の着物を頼むようにもなりましたし、今回などは、舞のために小袖と水干を三組も注文するお人もありましたよ。けれど品を届ける頃合いがむずかしおす。皆さん、主に内緒でおますさかいな」。正吉殿の商売も舞のおかげで繁盛しているとは、これまたけっこうなことではありませんか。

「正吉殿はなかなかの商才がありますな」。わたしが揶揄《やゆ》しますと、「それはもう、生きていく知恵というものでおます。わたしどもには誰も何も与えてくれませんのやさかい。この腕一本と口にすべてがかかっておりますのや。その代わり、ご恩も奉公もおへん。それが一番気楽でよろしおす」

正吉殿はまだ話したいことがあるらしく、思わせぶりな顔をしてわたしを見つめていましたよ。「まだほかに」、というわたしの言葉を待っていたのでしょうな。「これこそ、とっておきの土産話。頼朝殿の奥方、政子殿が殺された赤子の冥福を頼朝殿に内緒で祈っておられるということでありますわ。本当は供養塔を由井ヶ浜辺りに建てたかったようだが、頼朝殿に気兼ねをなされたらしい。恐いもの知らずの政子殿がね。本音は、赤子を殺してはあの世での成仏もできないと思われたのでっしゃろ。僧が密かに呼ばれ、経を唱えたことは事実なそうや。あちこちを商いして回っていると、自然といろいろな情報が入ってきておもしろおます」

正吉殿は上機嫌で、その日は守山の宿で一泊する予定であったそうですが、つい話が弾み、鏡泊まりとなったのでございました。

しづやしづ、の歌は街道筋のいたるところで歌われ、今だかつてなかったほどの流行ぶりでありますのに、静殿の消息は依然聞こえてこないのでした。「いったいどこでどうしていますことやら」。禅師殿が京での歌の流行具合を文にしたためたついでにほんの一言、静殿のことを記しておいででしたが、やはり心にかけておられたのでしょうな。

そのころ、常盤殿から久しぶりに文が届きました。ご多忙でもあったのでしょうが、齢を重ね、筆無精になられたのでしょうな。


あこ丸殿、息災でいらっしゃることと思います。今度は長成殿が床に臥《ふ》せられるようになり、わたしは病気などしておれません。長成殿も隠居の身におなりで召使いの数も減りました。息子に遠慮もございますので、その分わたしが奮闘しているわけでございます。

もちろん、かえでは以前同様わたしを支えてくれておりますが、長成殿の足腰が弱り、下のお世話までしなければなりません。なんの取り柄もない方ではありますが、長きに渡って言いたいことも言わず、厄介者であったわたしをそばに置いてくだされたお方でございます。できるかぎりのことはしてさしあげたいと思っているのです。

ところで静殿のことでございますが、無事に義経の元へ着かれるとよいのですが。かえでの話では、まだ禅師殿の元には何の連絡もないそうです。悪いことは考えないようにしておりますが、義朝殿亡き後の逃避行をつい思い起こしてしまい、辛い気持ちでおります。

宮中でもしづやしづ、の歌が流行り、今様嫌いの後鳥羽天皇さまもときおり口ずさんだりなさるということでございます。上の者、下の者を問わず、人の心を打つものは打つのでありましょう。わたしもかえでも暇を見つけては気晴らしのようにしづやしづ、と歌っております。不幸な九郎も考えようによっては幸せであったのかもしれません。静殿にあれほど慕われたのでございますから。静殿の歌に政子殿がいたく感銘され、侮られたとお怒りの頼朝殿を諭されたそうでございますが、あの歌の真意を素直に受け取れない者はよほどの根性曲がりでありましょう。

九郎は確かに負けはしましたが、京を去った後も九郎のことが取り沙汰され、わたしどもが面映《おもは》ゆい気がするほどの誉められようでございます。京の人間の九郎びいきは変わることなく最近のしづやしづ、の歌でますますよき評判を得ているようでございます。

しかしながら、人気などというものは生きていてこそ値打ちのあるものでございます。評判などどうでもよろしいのです。生きてさえいてくれればと、静殿と九郎の無事を長成殿のお世話のかたわらお祈りしております。

殺された赤子はわたしの大切な孫、たまに外に出て赤子を見ますと、生きておればあのくらいになっているだろうかと思ってしまいます。ときには赤子を見た後、いたたまれなくなって用も足さず、走り戻ってきてしまうこともございます。

近ごろ、後白河さまのお体の具合がおよろしくないようでございます。口さがない者たちは、義経殿を陥れた罰が当たったのだと言っているそうですが、あの大天狗さまもお年を召していらしたのでありましょう。あこ丸殿はご壮健の由、ますますのご活躍をお祈りしております。

言動共に不死身と思えた法皇さまがご病気とは。確かこのあこ丸より十ばかり年上であられたはずだが。わたしは常盤殿の文から宮中での法皇さまとの数年間を思い出しておりました。

まだ天皇におなりでない自由のお身の上のころでございました。あこ丸、あこ丸と呼ばれ、始めは身分のあまりの違いのため、今様に関してお訊ねになっても消え入るような声でお返事していたものです。すると皇子さまはおっしゃるのでした。「あこ丸はまろが嫌いなのか」と。わたしはあわててかぶりを振り「わたしは卑しい雑仕女でございます。気安くしていただくのが恐れ多く、もったいないのでございます」と、申し上げたものです。「あこ丸、そなたはまさか山姥ではあるまいな。まろをとって食うなら話は別だが、近うまいれ、ほれもっと近う」。そんなことを繰り返しているうちに、わたしは厚かましくも思うたことをはっきり申し上げるようになっておりましたよ。

常盤殿から文をいただいてからは身分も忘れ、法皇さまを一日も早くお見舞いにまいりたいと思っていました。が、しづやしづ、の歌が流行りに流行り、あちこちから招かれ飛び回っておりましたので、なかなかその機会がなかったのですよ。

十二月に入ってまもない頃でしたかね、雪の降る寒い日でしたが法皇さまのお住まいになる六条殿をお訪ねしたのでございます。正門からまいりますと門前払いになるでしょうから裏門の辺りで下働きの者が出て来るのを待ち、土産をその者にとらせ、あこ丸がお見舞いにまいっている由を伝えてもらったのでございます。

下働きの者の手引きでわたしは運よく法皇さまの元へまいることができましたよ。海坊主のようなお顔を懐かしく頭に描いておりましたのに、拝見したお顔はどこかの病気持ちの老爺《ろうや》のように頬がこけていられるのでした。「法皇さま、お懐かしゅうございます」。そう申し上げながらわたしは先年、大原の建礼門院さまの元へ御幸なされたときのことを思い浮かべておりました。あのころはまだ矍鑠《かくしゃく》として「壇ノ浦に出るという海坊主の亡霊は実はまろであるぞよ」と道々、お戯れになっていられたのでございます。

「あこか、まろのことを忘れないでよう来てくれたの」。お声も弱々しくかつての耳がつんとなるような大声とは大違いでありました。「あこ丸よ、まろは義経の怨霊に祟られているのであろうか」。目をしょぼつかせ情けないことを申されますので「めっそうもございません。第一、義経殿はお亡くなりになったわけでもなく、仮にお亡くなりになったとしても、あのお方はそんなに恨みがましいお方ではございません」。わたしはそう申し上げながらおかしく思ったのでございましたよ。法皇さまは義経追討の院宣をお出しになったことを悔いておいでだったのでしょうな。「あの時は花合わせをするようにえいっと院宣を出してしまったのじゃ。そうするよりほかなくてな。まろは義経が好きじゃった。あの男ほど人を疑わぬ男を見たことがないわ。それがときには子供じみて見えたこともあったが、まろはそんな義経が愛しかった」。「ご心配なさいますな。義経殿は法皇さまのことは恨んでおられませぬ」。「そうか、それならいいのだが。だとするとまろを病に陥れているのは平家の亡霊であろうか」。「またまたそのようなことを。怨霊でもなんでもございません。お体が一時、お弱りになっておられるだけでございます。養生してお休みになっていらっしゃれば必ず御快癒なされます」。「そうか、あこもそう思うか」

お気の強いお方がこうも気弱になっておられるのを見てわたしは哀れにさえ思いました。病というもの、死というものは何人であろうと逃れられないものであることを思い知らされたのでございますよ。

あまりお話しになってはお体に障《さわ》ると思い、早々に退出しようとしましたところ、法皇さまはおっしゃるのです。「あこ丸、今大流行の歌を聞きたい。なんでも静が鶴岡八幡宮の頼朝の前で歌った歌というではないか」。「さようでございますが、長居をしますとお体に障りますので」。「何をいう。その歌を聞かずにあの世に逝ったとなれば今様の鬼としてのまろの名がすたるではないか」。「ごもっともでございます」

わたしははたと困り、そばに侍している女房殿の方をうかがったのでございます。すると女房殿はうなずき、承諾の意を示されたのです。

本当はわたしもしづやしづ、の歌を法皇さまにぜひ聞いていただきたい。わたし流の節回しと舞も見ていただきたいと、内心では思っていたのです。法皇さまは早速、女房殿に命じられ、笛を吹く者と鼓を打つ者、鉦を叩く者を招じられたのです。寝所の隣の間の襖を放たれ、そこを舞の場とされたのでした。わたしは一礼して立ち上がると歌い始めました。

しづやしづ賤のおだまき繰り返し
　昔を今になすよしもがな
吉野山峯の白雪踏み分けて
　入りにし人の跡ぞ恋ひしき

楽の音がしているにもかかわらず厳かな静まりがあり、さすが法皇さまの六条殿は他とは違うものだと思ったものでございます。何度か歌い舞った後、法皇さまのおそば近くまいりますと「もっと舞ってくれ、まろが手を振るまで舞ってくれ」と、申されるのです。お変わりのない縦横さよ、と苦笑する一方、女房殿のお顔を拝見すると眼で同意を示されるのでありましたよ。わたしは次の間に行き、再び歌い始めたのです。何度歌い舞ったことでありましょうな。法皇さまのお手が上がったときにはほっといたしました。

ご挨拶をして立ち上がろうとしますと「近うよれ」と手招きなさるのでございます。女房殿に背を支えられながら法皇さまは涙を浮かべていられるのです。「みごとな歌と舞であった。あこ丸、褒美をとらすぞ」。「とんでもございません」というわたしの言葉を制し、みごとな金箔の扇をくださるのでした。

「この扇と同じものをかつて静に授けたことがある。神泉苑の雨乞いを祈っての奉納舞の時であった。美しい百人もの白拍子が居並ぶ中で静の舞は格別であった。まろは天女が一人白拍子の中に迷い込んだのではないかと思ったくらいだ。静にもかわいそうなことをした」。法皇さまは絶句されたように言葉を詰まらせ、かたわらの女房殿があわてて背をおさすりになるのでした。

潮時と思い退出しようとすると、法皇さまはまた引き止められるのですよ。「あこ丸、そなたもまろのことを日本第一大天狗と思うておるか」と、真顔でお問いになるのです。

「はい、半分は大天狗さまだと思うておりますが、残りの半分は違います」。「残りの半分は何じゃ」と重ねてお訊ねになりますので「慈悲観音さまでございます」とお答えしますと、「こここっ」とお笑いになり「なにゆえにまろが慈悲観音か」とさらにお問いになるのでございました。

「法皇さまは今様を一つの芸に高めてくださいました。そればかりではございません。卑しい遊女や白拍子、傀儡女たちをおそばに呼ばれ、芸を共にする同志として分けへだてなく接してくださいました。遊女の乙前殿を今様の師として手厚く待遇なされ、その死後も経を唱えられたことはその何よりの証でございます。法皇さまのようなお方は今まで誰一人としてございませんでした。今後もお出にはならないでありましょう」

法皇さまは目を細められ、わたしの話に黙って聞き入っていられるのでした。「お訊ねしたいことが一つございますが、お許し願えるでしょうか」。「よいぞ、ほかならぬあこ丸のことじゃ」。わたしはお体のことが気にかかっておりましたが、この際と思い勇気をふるったのでございます。

「法皇さまはなにゆえ、今様にあれほどまでに執心なさるのでございますか」。法皇さまはしばらく、「こっこっこっ」とお笑いになっておいででしたが、「あこ丸よ、それは今様が好きだからじゃ。そなたも好きだからこそ歌い続けておるのじゃろ」。うなずくわたしに「好きこそ命であろう、あこ丸。歌詠みどもには軽んじられていても、まろが好きなのは今様じゃ。まろは好きなことしかしないのじゃ」。まさに法皇さまのお言葉は名言であり、わたしは何も申し上げることがございませんでした。

その後、法皇さまは御快癒なされ、お礼まいりにあちこちの寺社に参られ、大原の建礼門院さまの元へも御幸なされたとのことでございます。

静殿が鶴岡八幡宮で奉納舞を舞われてから一年余り後、文治三年（一一八七）であったでしょうかな。常盤殿から大変なお喜びの文を受け取りましたよ。義経殿の直筆が届いたというのです。静殿に関しては何も触れてなかったそうですから、静殿はまだ奥州へお着きではないのでありましょう。

義経殿のいくらか右上がりの文字をご覧になって常盤殿はようやく安心なさったようでございましたね。

それにつけても静殿は今頃どこでどうしておられるやら。しづやしづ、の舞は今や草深い田舎でも流行っているというのに何の音沙汰もございません。静殿を捜したいというお気持ちの表れなのでしょう。禅師殿は北白川のお家を下女に預け、数名の白拍子を連れ、遊行の旅に出られたそうであります。

この年も暮れに近づいたころ、わたしは思いがけない方の訪問を受けましてね。ある日、雪聖さまが亡霊のように門口に立っていられたのです。きれいに剃られていた頭が五分ばかり伸び、鬚はぼうぼうでいかにも旅の僧という感じがいたしました。が、少しもおやつれの様子はなく、むしろ、以前より精悍《せいかん》な、精神が見るからに躍動しているように見受けられました。

「あこ丸殿、わたしは今、おもしろい修業をしております。ご覧に進ぜましょうぞ」。雪聖さまはそう言うなり、念仏を唱え、踊りのような仕草を始められたのでございます。わたしは呆気にとられ見ておりました。

雪聖さまが舞を舞っておいでになる。実に軽やかに手足を動かしていらっしゃる。この踊りは何という類のものなのだろう。今まで見たことがない舞である。まさか、雪聖さまは芸能の徒におなりになったわけではあるまい。

わたしは妙な顔をしていたのでありましょうな。踊りを終えられた聖さまは愉快そうにお笑いになるのでした。「あこ丸殿はわたしが何か新しい舞を創始したとお思いであったか」。応答ができずにいるわたしに雪聖さまは申されました。「この踊りはみ仏の教えを広めるための踊りです。経を唱えながら踊りを踊る、そのことだけで人は救われるのです。あこ丸殿もおひとついかがですか」

わたしは誘われるまま聖さまの仕草を真似、その後から手足を動かしてみるのでした。

踊りといっても複雑なものでなく、手と足を自在に動かし、それに身体が自ずとついていくといった感じのものでありました。「舞の名手のあこ丸殿から見れば、赤子の踊りのようなものかもしれませぬ」。確かに雪聖さまの踊りというのは、舞というには少しばかり単純すぎるようでございました。

「信仰のための踊りは難しくあってはいけないのです。自ずと手足が浄土へと憧《あくが》れ出ていくような様、わたしどもの踊りはそうした形を描いているのです。複雑な踊りであれば万人の信仰が妨げられてしまいます。あくまでも主体はお経にあるのですから」

わたしは聖さまのお言葉に納得いたしました。なるほどそう言われてみれば、聖さまの踊りは魂と体が浄土へ憧れ出ていくように見えるのでございましたよ。雪聖さまは長く苦しい修業の末、このようないとも容易な浄土への導きの法をお考えになったのでございます。わたしは改めて聖さまの偉大さに感服したのでありました。

「これからが大変なのです。新しいものが受け入れられるには時が必要です。いったん定住してそこで踊りを広めようかと思っていたのですが、そんな悠長なことをしていたのではわたしの在世中に広まるどころか、その前に廃《すた》れてしまうかもしれません。まず京に行き、京の街の辻々、三条の河原など、人が集まりそうな所に行って広めるつもりです。旅の道中でしづやしづ、の舞がたいへん流行っていることを知りましたが、あこ丸殿や京の白拍子が中心になって歌い、舞っておられるのだと聞きました。芸能の舞と信仰の舞、巷に活気が出始めた証拠でありましょう。実に喜ばしいことです。もはや人の屍を見るのは飽きあきしました。民たちも同じ思いなのでしょう」

確かに聖さまのおっしゃるとおりでございますよ。大旱魃、大火事、洪水、大地震、その上引き続く戦と、世は地獄のようでありましたからね。「しかしながら、まだまだ油断はできませぬ。わたしにはこの念仏踊りを広め、安泰の世と人々の浄土を願う責務があるのです」

聖さまはいつになく雄弁であられました。使命に燃えていらっしゃる様子が言葉のはしばしからうかがえ、わたしは勇気づけられたものでございます。

一方、頼朝殿の力は日増しに強まっていくようでありましたな。地方からきた者が「泣く子も黙る地頭」などといって、あこぎな地頭の年貢の取り立てを嘆いたりしているのを耳にしたことがあります。わたしどものには政《まつりごと》の詳細はよくわかりませんが、朝廷からの国司と荘園領主のほかに、国中にさらに守護と地頭が置かれたために、民たちは二重の支配を受けることになったのだそうです。

また、院の政治向きに関しましても、摂関家の中でも頼朝殿びいきの九条兼実《かねざね》殿を中心に公卿による合議政治を行なうということで、記録所という役所を設けられたそうであります。法皇の独断による政治を改めるという趣旨であったようです。

後白河法皇さまがご病気になられたのは、もしかするとこうした精神的な追い打ちをかけられたことが原因であられたかもしれません。なにしろ、白を黒と平気で言い、押し通して来られた方でございましたから、それ相応の屈辱感がおありになったのかもしれません。

藤原秀衡殿の死の報を耳にしましたのはその年、文治三年(一一八七)の終わりころであったでしょうかね。奥州からやってきた吉次殿と縁続きの商人が密かに申したのです。

「奥州はこれからが心配でござる。おそらく秀衡殿のご子息は割れるだろう。秀衡殿、ご生存の折から義経殿を匿《かくま》っていることは災いを招くことになると、ご長男の泰衡殿は病床の秀衡殿に申し立てていらっしゃったそうだ。大殿は昔から剛毅なお方、泰衡殿の小心さを嘆いておられた。しかしながら、そのときすでに鎌倉から『謀反人を匿うことは罪になる』と、暗に軍勢を差し向けるような書状を受け取っていられた泰衡殿としては、藤原家の安泰を考えられるのも無理はないかもしれませんがね。それにしましても頼朝殿はなかなかの人物ですな。政は策を持たなければ長く続かないことをよくご存じだ。頼朝殿の評判は世間ではかんばしくないが、梶原景時殿や知略にたけた大江殿、北条殿といった策士を御家人に持たれたことが幸いしたと思われますな」

わたしは不愉快な顔つきをしていたのでありましょう。「いやいや、わたしは頼朝殿を誉めているのではありませんぞ。わたしはああいう人間は嫌いじゃ。統治者としての能力はあっても、人に好まれる人間でないと少しも魅力はありませんからな」

男はわたしの顔を見ながらそう付け加えるのでしたよ。秀衡殿の死を知ったわたしは義経殿の運命ももはや尽きたと思ったのでしたよ。あのお方は薄幸と引き替えに世にも稀な人気と評判をおもらいになった。しかし、それが何になりましょう。わたしは義経殿のことを思い、暗澹《あんたん》とした気持ちに陥っていくのでございました。

しかし、秀衡殿のあまたある子息の中には、秀衡殿の遺言を盾に義経殿を守ろうとする方々もあり、すぐには意見が一つにまとまらなかったようです。藤原一族にとって自分が重荷以外のなにものでもないことを知った義経殿はどんなお気持ちで日々を過ごされていたでしょうかね。そのことを思いますと、誇り高いお方であっただけに心が痛くなります。

藤原ご兄弟の何人かは、次のように申されたそうでございます。「たとえ義経殿のお命を頂戴したとしても、頼朝は必ず今度は別の理由をつけて軍勢を奥州に差し向けて来るだろう。頼朝はこの奥州の藤原勢力が目の上の瘤なのだから。決して挑発に乗ってはならぬ。兄者、よろしゅうござるかな」

泰衡殿は、弟御《おとうとご》たちからこのように申されることは、長男として威信に関わるとでもお思いであったらしく、一族の会議が開かれるたびにご兄弟の仲は険悪になっていったと商人は申しておりました。

わたしが義経殿の死を知ったのは、それから二年も経たない文治五年（一一八九）の秋でありました。鏡山の紅葉にはまだ早く、澄んだ空を眺めていますと、ひとりでに涙がこぼれてきたものです。御年十六の時、この宿で元服なされたこと、今様を披露するわたしどもに、「礼を言うぞ」と申された時の清々しかったお声、小柄ではありましたが、武将の気風をみなぎらせていられたお姿にさすが、義朝殿の御子、とほれぼれとしたものでございます。

衣川の館を夜襲され、義経殿が自害なされたことを常盤殿はご存知であろうか。わたしはとてもお知らせする気にはなれず、数日、経を唱えておりました。

案の定、その後、頼朝殿の二十八万の大軍が泰衡殿討伐に差し向けられたのでしたよ。藤原一族は滅ぼされ、頼朝殿は陸奥、出羽の国を手に入れることで全国を手中に収め、武士の支配者となられたのです。

常盤殿からは長い間、音沙汰がございませんでした。義経殿の悲報は伝わっていたでしょうが、文をしたためるお気持ちにはなれなかったのでございましょうな。また長成殿のお世話も大変であったのでしょう。

ご存命なら静殿もどこかで義経殿のうわさを耳にしていらっしゃるかもしれません。一途な気性ゆえ、もし、訃報をお知りになったなら生きてはおいでにならないでしょう。せめて尼にでもなっていてくださったらと、行方のわからない御身に思いを馳せるのでしたよ。

この年、年号が変わり、建久元年(一一九〇)となりました。頼朝殿が多勢の軍を従え、念願の上京をなされた年でございます。

以前より正吉殿から耳にしてはいたのですが、後白河法皇さまのなんとご健在であることよ。ご病気が快癒なされた法皇さまは、頼朝殿に屈してはいらっしゃらなかったのでございます。頼朝殿が以前、九条殿を通して要求なさっていた院政の改革案を踏みにじり、法皇さまを中心にした院政を再びなさっていたのです。「法皇さまはやはり天下第一の大天狗でおわしますな。泰衡殿とは器が違いますな」。正吉殿はそのようにおっしゃっていましたが、気力の回復と共に法皇さまは頼朝殿への対抗心をお持ちになってきたようでした。

今回の頼朝殿の上洛は征夷大将軍という官職を法皇さまからいただくのが目的であったそうですが、見事、断られなさったのでした。「大天狗どうしの対決でありましたのやろけど、法皇さまも京の人間への手前、負けているわけにはいかしませんどしたのやろ。代わりに頼朝殿をどうということもない右近衛大将《うこんえのだいしょう》に任ぜなさったのですからな。が、敵もさるもの、ただちにそれを辞任してさっさと鎌倉へお帰りになったということです。

これで法皇さまの人気も少しは回復しましたやろ。頼朝殿に義経追討の院宣をお下しになったころの法皇さまの不人気といったらありませんでしたさかいな。心ある貴族からもそっぽを向かれ、京雀どもからは妙な歌を作られ、悪し様に言われなさるわで、こりごりなされたのでしょうな」

正吉殿はしたり顔で言うのでしたよ。

わたしには、どうじゃ、あこ丸、これで義経に許してもらえるかの、と嬉々となさる法皇さまのお顔が目に浮かぶようでありましたね。

さて、常盤殿のことでございますが、思い切ってわたしの方から文を差し上げたのでした。義経殿のご仏前にという意味をこめて、白い花と紫水晶の数珠《じゅず》をお送りしたのでございます。すると早速礼状が届き、わたしは胸をなでおろしたものです。

あこ丸殿、いつもお優しいお心づかいありがとうございます。わたしは九郎の死を知ってから長成殿のお世話もしないで痴呆のように過ごしておりました。あなたさまのお気持ちに打たれ、ようやく人らしい気持ちを持つにいたった次第でございます。

あの子は本来なら赤子の時に殺されるはず。それが三十一の年まで生き伸びられ、世の人からは戦の神さまと崇められ、好かれもした。それを思うと、たとえあのような最期であったとしてもどうして不幸せであったと言えるだろうか。それなのにいつまでもめそめそしているとは恥ずかしい限りではないか。せめて経を上げ、九郎があの世で迷わないように極楽浄土へ導かなければならない。わたしが余生を確と生きることがあの子への供養であるとようやく思うようになったのでございます。

かえでの話では今、京の辻々で経を唱えながら踊るという新しい踊りが流行っているということです。一人で経を唱えていると気持ちが滅入《めい》ったりいたしますので、わたしもその念仏の衆とやらの中に入ってみようと思っております。踊りといっても覚えたりするような複雑なものではなく、経を歌うように唱えていると自然と手足が動いていくのだそうでございます。昨日も九条辺りの仏像彫りの工人たちが何人もの民を引きつれ踊っていたそうです。

わたしは文を読み、思わず頬を緩めてしまいました。雪聖さまがなさろうとしていることが現実のものとなりつつあるのです。誰にでもできる楽しい方法で浄土へ導かれるのならこれほど良いことがありましょうか。わたしは雪聖さまのお姿を瞼に浮かべ、経を口ずさみながら手足を動かしていたのでした。

磯禅師さまのご一行が宿に立ち寄られたのは、頼朝殿の大軍が去ってから二ヶ月あまり後であったでしょうか。義経殿のことは旅の途中で知ったとか、禅師殿のお顔には悲しみを一人背負って立つ老いた女人の悲壮感が漂っておりました。お顔をひと目見た時、わたしは静殿の消息がつかめなかったことを察したのでございます。

しづやしづ、の舞の遊行に出かけたといっても静殿の行方を捜すことが第一であったのでしょう。「あこ丸殿、わたしも相当に往生際《おうじょうぎわ》の悪い女でございます。静はわたしの心配をよそに天の彼方で義経殿とお会いしているかもしれませんのに。これだけいろいろな方が手を尽くしてくださっても何の手がかりも見つけられないということはきっとそういうことなのでございましょう。今ごろ、二人は手を取り合って再会を喜んでいるかもしれませんのに、このおばばは諦めきれないのでございますよ」

禅師殿は苦笑しながら目頭をそっと押さえられるのでした。

しかしながら、京へ戻られてからの禅師殿は京女の芯の強さを見せ付ける活躍ぶりでございましたね。「義経殿追悼舞」と名うって新作舞を披露なされたのです。わたしも招待を受け、高階泰経殿のお屋敷にまいりました。高階殿は義経殿が京にご滞在の時、懇意になされていた貴族であり、後白河法皇さまの側近の一人であられました。今回の義経殿追悼舞も高階殿の後押しが大きかったとのことでございます。

常なら門の閉じられた貴族屋敷もこの日ばかりは広々と放たれ、身分の上下を問わず追悼舞を見たいという者にはすべて開放されたのですよ。わたしが着きました時には、広い邸内はすでに身動きできないほどの人でございました。が、禅師殿が常盤殿とわたしのために席を用意してくださっていたので、わたしは上席から拝見することができたのでございます。

「あこ丸殿、あちらをご覧なさいませ」。かえで殿がおっしゃるので、その方を見ますと、法皇さまがおいでになるではございませんか。わたしをお認めなされたのか、扇をこちらに向けてゆっくり振っていられるのでございます。お見舞いにまいりました時は頬がこけ、別人のようでありましたが、前方の法皇さまは元の海坊主のようなお顔にお戻りでございました。

何度も頭を下げるわたしを見て、もうよいぞ、あこ丸、と申されているのが声は聞こえぬともわたしにはわかりました。常盤殿はわたしのかたわらで先ほどから袖を眼に押しあてていらっしゃいます。「あこ丸殿、涙腺がゆるんでしまいました。元に戻らないのでございます」と、泣き笑いの顔を隠そうともなさいません。

ほどなく禅師殿の舞が始まりました。鼓も笛も鉦も都一番の上手ということでしたが、さすがに各々が互いに主張することなく舞い手を引き立たせる演奏ぶりでございます。禅師殿の歌が悲しい響きを持つときには、その後から従うように笛が細く消え入るように響き、歌が高ぶってきたときには鼓と鉦が相乗するように山場を盛り上げていくのでございます。場に居合わせた者は皆、軍神義経殿のお姿を眼に浮かべ、勇壮な戦いぶりを夢見ているような陶酔ぶりでありましたよ。

追悼舞が終わると屋敷中拍手が鳴り響き、六条掘川辺り一帯に雷鳴のように轟いたということでございます。やはりわたしが予期したようにしづやしづ、の舞が後に続きました。静殿禅師殿は静殿が鶴岡八幡宮で用いられた装束を着用なされているということでした。静殿の役をなされている白拍子は禅師殿の一番弟子に当たる方だそうです。背格好も静殿に似ていらっしゃり、顔の表情もどことなく静殿を彷彿《ほうふつ》とさせるのでした。「これが静であればどれほどうれしいことか」。一番弟子のお方を眺めているうちにわたしは禅師殿のつぶやきを聞いたような気持ちになったのでございます。

しづやしづ賤のおだまき繰り返し

禅師殿が歌われるのを待っていたかのように場内から和する声が聞こえてまいりました。

その声はしだいに大きくなり、禅師殿の声はいつしかかき消され、大唱和となっていったのです。

入りにし人の跡ぞ恋ひしき

舞が終わりに近づいたころには我慢しきれなくなったのか、大声で泣く者さえ少なくありませんでした。かたわらでは常盤殿が舞台の禅師殿に向かってひたすら手を合わせていらっしゃいます。ふと御座席を見上げますと法皇さまが眼に袖を当てていられるのでした。

舞が終わった後も人々はその場を去ろうとしません。義経殿の魂と静殿の魂を見いだそうとするかのふうに空《くう》を眺め入っているのでした。

十　あこ丸、いずこへ

禅師殿の追悼舞を見て以来、わたしは今様の歌い手として総仕上げの時期に来たことを悟りました。いつしか六十近くになっていたのですからね。いったい自分はいくつの歌を歌ってきただろうか。これからいくつの歌が歌えるだろうか。若いころ歌った懐かしい歌を歌い返す一方、新しい歌と舞の創作に余念がありませんでしたよ。

民が自ずと口ずさみたくなる歌が今様の真骨頂ですから、人々の暮らしぶりを知ることなく歌は生まれません。わたしは近江の里歩きはむろん、京の寺社や辻々を巡り歩いては今、民たちは何を求めているのか知ろうとしたのです。

年に何度かこうしてあちこちを回るのですが、そのたびに見たこともない聞いたこともない舞や歌を拝見しました。今回わたしの興を引きましたのは盲目の僧が歌う悲しい歌でした。耳をすましているとどうやら壇ノ浦の海に沈んだ平家の霊を弔う歌のようでしたよ。伴奏も今までの鼓や笛といった類の楽器ではなく、琴を小さくしたような琵琶と呼ぶ楽器を用いるだけなのです。初めて耳にする音ではなかったのですが、どういうわけか、その音色は悲しい歌にふさわしい情をかきたてていくのでした。

新しい形の芸が生まれつつあることは、喜びには違いありません。が、わたしは追い立てられるような気持ちにもなっていったのです。新作舞を模索しているうちに建久三年(一一九二)となりました。鎌倉へ行くという正吉殿が宿に寄られ、わたしは後白河法皇さまがお倒れになったという、思いもかけないことを耳にしたのです。

高階殿のお屋敷で義経追討舞が舞われた時、お顔を拝見いたしたのですが、それから一年と半年あまり経っていたでありましょうか。あのときの法皇さまはお元気そのものであられました。海坊主のようなお顔をこちらに向け「あこ丸、達者かの」と言わんばかりにいたずらっぽくお笑いになっていたのです。

「法皇さまもそろそろ年貢の収めどきかもしれまへんな」。そんなことを言う正吉殿をわたしは睨みつけたのですが、内心気がかりでございましたよ。六十六という御年になられ、死を思わない方がおかしいのでしょうが、法皇さまに関しては不死身のように思っていたのでございます。

お見舞いにまいるべきかどうか思案しているうちに半月経ち、いつしか日常の生業に紛れ機を失していたのでした。

ある日の夕暮れ、早馬が宿の前を通り過ぎていくのをぼんやり見つめていると、京から到着したばかりの商人が「あの早馬は法皇さまの崩御を知らせるものかもしれませんな」というのです。馬上の男が弔慰の印らしいものを身に付けていたというのです。

翌日、宿にも法皇さまが崩御なされたうわさが伝わってまいりました。不死身と思われた法皇さまもとうとうお逝きあそばされたか。いくら頼朝殿に抵抗なされてももはや頼朝殿の世、正吉殿が申していたように法皇さまは身の引きどころをご存知であったのかもしれませんな。

あの世には法皇さまお気に入りの義経殿もいらっしゃいます。あのお方のことでございますから今頃、今様を歌いながら三途の川を渡っておられるかもしれません。川の向こうにお着きになるや、例の大きな声で「義経、迎えに出てまいれ、まろもきたぞよ。もう下界は飽き飽きした。今度はこちらの世の帝になることにしたぞ。そちは征夷大将軍じゃ。頼朝なんぞに大将軍の位をくれてなるものか」

相変わらず好きなことをのたまわれているお姿が瞼に浮かんでくるようでございました。悲しいというよりも、なんだか愉快な心境にすらなっていくのでしたよ。あの日本第一大天狗さまもあこ丸には憎めない愛らしいお方であられたのでございます。

さらに、法皇さまの崩御から一月もしないある日の夕暮、わたしは常盤殿がお亡くなりになったというかえで殿の文を受け取ったのでございました。食事も喉に通らずぼんやりしている時、萩、そなたが訪ねてくれたのですよ。

こうして文を読み終えてみるとすべてが夢、幻に思えてきますよ。

――あこ丸は文もしまわず、時の経つのも忘れ、文箱の前に座っていた。

――その翌日、あこ丸は思いがけない文を受け取ったのだった。それは雪聖からのものであった。

「雪聖さまがご病気……」。あこ丸殿はそう叫ばれると、きっとした顔をしてにわかに旅支度を始められたのです。

「雪聖さまが臥せっていられるという北陸へまいります。あとは萩、すべてそなたにまかせますぞ」

太いお声にわたしはただおろおろするばかりでしたが、あこ丸殿にはもはやわたしの姿など眼中にないようでした。あれあれと思うまに、後も振り返らず走るようにして旅立たれたのでございます。

わたしはあこ丸殿の情熱を見せ付けられる思いでございました。五十六、いや五十七におなりであったでしょうか。あこ丸殿は心の中に雪聖さまをずっと棲まわせていらっしゃったのです。今頃、眠るのも惜しみ歩きつづけていらっしゃることでしょう。

わたしにはあこ丸殿のつぶやきが聞こえるようでございます。

萩よ、わたしは今様の総仕上げをすることができないかもしれません。けれども不思議と心残りはないのですよ。あれほど執着していた今様ですのに、聖さまが病にかかられたと知った今、わたしの心は今様に背を向け、ひたすら聖さまの方に向かっているのでございます。我が心ながら計りかねるのでありますよ。

わたしをお呼びになる雪聖さまの声があちらからもこちらからも聞こえてまいります。聖さまの看病をしてさしあげたい。そんな思いでわたしの胸はいっぱいです。

遅ればせながらわたしは静殿の義経殿を慕われるお気持ちがようやく心から理解できたのかもしれません。老いらくの恋などとお笑いくださいますな。

行く手の空に星が流れていきます。わたしは即座に雪聖さまの無事を唱え、手を合わせました。愛発山《あらちやま》を越えればはや北陸です。明け行く空を見つめながらわたしは幸せをかみしめておりますよ。

その後、あこ丸殿は鏡の宿にお戻りになることはありませんでした。が、常盤殿の文は今も白木屋に大切に保管され、義経殿を想う女たちの情は歌や踊りによって受け継がれているのでございます。

解説

畑　明郎

二〇一四年五月三日に我妻の畑裕子は、亡くなりました。享年六五でした。二〇一二年八月に腰の痛みを訴えて守山市にある滋賀県立成人病センターで診察した結果、肺腺がんが腰椎に転移したためと分かり、肺腺がんは第四期の末期と診断され、成人病センターに入院しました。入院後、腰椎の放射線治療と、抗がん剤イレッサの投与治療を受けました。放射線治療により腰椎の痛みは改善され、イレッサにより肺がんは縮小しましたが、二〇一三年八月に悪化し、再入院しました。その後、一時改善しましたが、二〇一四年二月に脳に転移したことがわかり、三度目の入院となり、全頭に放射線治療をしましたが、あまり改善せず、その後は寝たきりとなり、五月三日に病院で帰らぬ人となりました。

学生時代に知り合い、一九七二年に結婚し、京都府宇治市の中学教師として共働きしながら、二人の子供を育てるという多忙な生活をしました。しかし、荒れる中学校と妻の作家志望もあって、一九八二年に教師を退職し、子供のぜんそくもあり、明智光秀が殺された明智藪がある京都市伏見区小栗栖から滋賀県蒲生郡竜王町美松台に転居しました。

転居後、妻は作家活動を始め、一九八八年に『天上の鼓』で第三八回滋賀県文学祭小説の部芸術祭賞を受賞し、一九八九年に『花不動』で第三九回の同賞を受賞し、一九九二年にも『姥が宿』で第四二回の同賞を受賞し、一九九四年に滋賀県文化奨励賞を受賞して、滋賀県の作家・文化人として認められたのでした。そして、一九九三年に『面・変幻』で第五回朝日新聞新人賞を受賞し、一九九四年には『姥が宿』で第四一回地上文学賞を受賞して、中央文壇にデビューしました。

単著書としては、①『面・変幻』朝日新聞社、一九九四年、②『近江百人一首を歩く』サンライズ出版、一九九四年、③『椰子の家』素人社、一九九五年、④『近江戦国の女たち』サンライズ出版、二〇〇五年、⑤『源氏物語の近江を歩く』同、二〇〇八年、⑥『天上の鼓』同、二〇〇九年、⑦『花々の系譜　浅井三姉妹物語』同、二〇〇九年、⑧『江　浅井三姉妹と三人の天下人』角川ＳＳＣ新書、二〇一一年、⑨『百歳物語』素人社、二〇一二年の九冊があります。

女性を主人公とする歴史小説を得意とし、とくに、二〇一〇年のＮＨＫ大河ドラマの「江～姫たちの戦国～」放映に当たり、⑦は脚本の参考図書に取り上げられ、二〇一一年一月のＮＨＫ「歴史秘話ヒストリア」にも出演しました。この時期には講演依頼が全国各地から殺到し、多忙を極めて体力を消耗した結果、がんの進行を早めたと考えられます。

また、新人物往来社の『歴史読本』や『別冊歴史読本』に二〇回も寄稿し、滋賀県発行の季刊誌『湖国と文化』には、一九九一年から二〇〇八年までの一八年間に四〇回も連載しています。地元の京都新聞に一九九二年から二〇一四年まで七〇件もの寄稿記事などが掲載されました。

さて、本書は、妻の死の一周忌を前に、数ある遺稿の中から選び、出版するものです。この『女たちの義経物語』は、一九九八年二月に脱稿したものであり、二〇〇五年のＮＨＫ大河ドラマは「義経」でしたので、それまでに出版すべきだったと後悔しています。

私たちの住む竜王町の鏡には、中山道鏡宿の跡があり、源義経が元服時に宿泊した白木屋跡、元服式を執り行なった重要文化財がある鏡神社、義経元服池などが残されています。旧中山道が拡幅された国道八号の義経元服池付近には、「道の駅・竜王かがみの里」が作られ、その建屋は義経元服をイメージした烏帽子型をしています。

また、旧中山道と国道八号を約六〇〇メートル南へ行き、野洲市大篠原に入ると、「平宗盛胴塚と首洗い池」があります。ここは、義経が鎌倉に平宗盛親子らを捕虜として連行したが、兄の源頼朝が会ってくれなかったので、京都へ連れ帰る途中に平宗盛親子を斬首し、首を池で洗い、胴体を埋葬したところとされ、現在「平家終焉の地・蛙なかずの池」として野洲市の史跡に指定されています。本書では、平宗盛親子は鎌倉で頼朝に引き渡されたとするが、その後、京都へ送還され、義経の命で近江国篠原宿で斬首されました。

本書の副題が「近江国鏡宿傀儡女譚」としているように、鏡宿の傀儡女の「あこ丸」を語り部として、義経の母「常磐御前」、義経の妻「静御前」、静御前の母「磯禅師」など義経をめぐる女たちの物語です。妻は、前述したように、女性を主人公とした歴史小説を多く書いてきましたが、女性の持つこまやかな情愛や心の機微を描くことが得意でした。義経の浮き沈みに翻弄される女たちの喜びと苦しみが、あこ丸との文通を通して、リアルに描かれるだけでなく、源義朝、義経、頼朝、後白河法皇などの男性についても生き生きと描かれています。このように本書は、読者に深い感動を与える書物になっており、お勧めする次第です。とりわけ、妻亡き後、「もう畑さんの新刊書を読めなくなった」と落胆されていた畑裕子ファンの方々に本書をお贈りしたいと思います。

最後に、本書の出版を快く引き受けていただいたサンライズ出版㈱の岩根順子代表取締役と、出版に当たりお世話になりましたサンライズ出版㈱編集部の矢島潤氏に厚く感謝するとともに、亡き妻の一周忌に墓前へ本書を捧げる次第です。

二〇一五年一月

遺　稿（一九九八年二月脱稿）

著者略歴

畑　裕子（はた ゆうこ）

1948年、京都府生まれ。奈良女子大学文学部国語・国文学科卒業。公立中学で国語教師を11年務める。京都市内から滋賀県蒲生郡竜王町に転居。

「天上の鼓」などで滋賀県文学祭芸術祭賞。「面・変幻」で第５回朝日新人文学賞。「姥が宿」で第41回地上文学賞。滋賀県文化奨励賞受賞。著書に『面・変幻』（朝日新聞社）、『椰子の家』『百歳物語』（以上、素人社）、『近江百人一首を歩く』『近江戦国の女たち』『源氏物語の近江を歩く』『天上の鼓』『花々の系譜』（以上、サンライズ出版）など。2014年５月没。

女たちの義経物語　近江国《おうみのくに》鏡《かがみ》宿《しゅく》傀儡《くぐつ》女《め》譚《たん》

2015年２月20日　初版第１刷発行

著　者　畑《はた》　裕子《ゆうこ》

発行者　岩根順子

発行所　サンライズ出版

〒522-0004滋賀県彦根市鳥居本町655-1

tel 0749-22-0627　fax 0749-23-7720

印刷・製本　シナノパブリッシングプレス

ISBN978-4-88325-557-3　定価はカバーに表示しています